Azucre

Pepitas de calabaza s. l.
Apartado de correos n.º 40
26080 Logroño (La Rioja, Spain)
pepitas@pepitas.net
www.pepitas.net

Fotografía de solapa: Vista del Castillo de San Antón desde el puerto de A Coruña (1890). Para los barcos que partían hacia las Américas este era el punto de no retorno antes de adentrarse en el océano.

isbn: 978-84-17386-82-5
Dep. legal: lr-474-2021

Primera edición, septiembre de 2021
Segunda edición, octubre de 2021
Tercera edición, diciembre de 2021
Cuarta edición, enero de 2022
Quinta edición, febrero de 2022

BIBIANA CANDIA

Azucre

Una epopeya

*A los emigrantes que no pudieron contar su historia
y a los que se quedaron que nunca recibieron una carta.*

Galicia está probe
i a Habana me vou...
¡Adiós, adiós prendas
do meu corazón!
ROSALÍA DE CASTRO

Con sangre se hace el azúcar.
Refrán cubano

¿CÓMO TE LLAMAS, RAPAZ?

Orestes Veiga.

El hombre moja la punta del lápiz grueso con la lengua sucia y hace una marca al lado de uno de los nombres de la lista, una cruz irregular como un insecto aplastado. ¿No traes fardo? No, señor. Mejor, así caminas más ligero. ¿Y tienes frío? Sí, señor. Pues ahora ya echamos a andar y entras en calor; ponte ahí con esos. El hombre de la compañía señala con la barbilla al grupo de muchachos y por si no quedase bien marcado, carraspea y escupe en el suelo una flema oscura a los pies de Juan el Rañeta, que solo da un paso atrás y no dice nada. Orestes piensa que si no fuese porque este hombre es una extensión del amo, ese rapaz con la cabeza como un ternero le habría abierto las narices de un solo golpe. Pero así funcionan las personas e incluso algunas bestias: el poder se respeta más que la fuerza. Orestes se arrima al *cruceiro* junto a Amador el Tísico y Manuel de Trasdelrío, los tres de la misma edad, tres muchachos casi idénticos del mismo lugar. El resto son conocidos de vista, de las romerías, de misa, de robar fruta en el pazo; y Rañeta, de partirse la cara a pedradas. De todo eso que es como decir nada, porque las vidas iguales son vidas intercambiables.

Nuestro señor Jesucristo está clavado en lo alto del *cruceiro* y deja caer la cabeza como si estuviese interesado en las conversaciones que bullen, acerca el oído de piedra a las exclamaciones de los rapaces, que se arriman como potros jóvenes y tan pronto se dan calor como podrían darse patadas. Nuestro señor Jesucristo, en realidad, no es más que una piedra tallada, muerta por obra del cincel. A las piedras vivas nunca les ha interesado lo que dicen las personas, bastante tienen con contener el mar, con agarrarse al suelo, con ser la firmeza que lo sostiene todo. Si ellas perdiesen la concentración para ponerse a escuchar lo que decimos, el mundo entero se vendría abajo.

¿No tienes ganas de marchar ya, Orestes? Yo estoy deseando. El Tísico sabe disimular la tos y disfrazarla de pausas para hablar, como si le pareciese mal hacer ostentación de un mal de bronquios. Sí, quiero empezar a andar, que tengo frío. Orestes también tiene hambre pero no lo dice, porque decir que tiene hambre es como decir que está despierto. Juan el Rañeta habla alto y da palmotadas a los otros como un animal que no puede contenerse. Dice que es por el frío y se sopla las manos como un toro impaciente. Orestes sabe que lo hace para intimidar, es una bestia, hay que entenderlo como se entiende a las bestias. Hace ahora dos años que el Rañeta y Orestes se pegaron en una romería. Fue después de la misa, de la merienda, del baile y del vino, cuando ya solo queda volver a casa o matarse a golpes para que la fiesta termine como es debido. Los rapaces son así, se relacionan a tundas como quien no sabe hablar. Hay quien dice que fue por una moza, pero ya se sabe cómo es la gente.

Orestes tiene los recuerdos de esa pelea envueltos en niebla, como cuando te despiertas en mitad de una pesadilla. Un empujón por la espalda y caer al suelo, el sabor a tierra en la boca, la mano derecha frenando la caída en la única piedra que había en el campo de la fiesta, levantarse dando un traspiés, la piedra en la mano. Rañeta viniendo hacia él bufando, colorado, sudoroso después de haber bailado toda la noche, la mano sujetando la piedra incrustándose en el medio de su cara, el sonido amortiguado y húmedo de la nariz partiéndose. Del corro de gente que los rodeaba cuando el Rañeta cayó al suelo se escapó un silencio sólido como una nube de granizo en las sienes de Orestes. Hay algo digno en vencer al fuerte, pero al mismo tiempo estupor y cierta vergüenza en verlo caer como un fardo, despojado de su propia ira y sangrando como un cerdo. A la piedra nadie le pidió responsabilidades, no es fácil reponerse de ser utilizada como arma.

La nariz hundida desde aquel día acentuaba su expresión de becerro pasmado y recordaba al Rañeta que tenía que vengarse de Orestes; por eso lo mira de reojo mientras habla con los demás rapaces y dice nos vamos, nos vamos para trabajar el *azucre*, ahí solo sobreviven los fuertes, ahora se va a ver quién está preparado para ser un hombre. Orestes siente la amenaza en cada palabra, como aquella vez que un pájaro le cayó muerto a los pies al salir de la iglesia y a los dos días murió la madre. Sabe que no dormirá tranquilo, piensa que debería haber dejado que Pedro, el hermano pequeño, viniera al *cruceiro* a despedirlo, el hermano de Rañeta está en el medio del grupo de muchachos, los mira con la admiración de un perro manso. De repente siente el dolor en los huesos del que está tremendamente solo; de repente el frío se vuelve insoportable. Quiere echar a andar y dejar atrás esa sensación de que un filo le corta los huesos por la mitad, alejarse como quien olvida todo lo que le ha hecho infeliz. Cuando eres demasiado joven, aún no sabes que la infelicidad es un insecto parásito capaz de clavarte su aguijón tan adentro que años después las heridas supuran cuando menos te lo esperas.

El hombre de la lista interrumpe las conversaciones. Venga, rapaces, vamos, que tenemos que ir a recoger a otros cuatro, que no se quede nadie atrás. El niño que miraba como un cachorro a su hermano lo abraza por la cintura, pero Rañeta lo aparta y se ríe. Anda, marcha a casa, que no sé para qué viniste. Pero el niño no se mueve y su hermano vuelve a empujarlo antes de irse y a reír en alto mirando alrededor, como ríen los crueles que buscan complicidad. El niño tropieza y cae, se queda en el suelo de piedra mojado mirando marchar a su hermano con una sonrisa de pánico. El hombre de la lista tose con una tos llena de flemas que va escupiendo con una cadencia que podría ir midiendo sus pasos. Echan a andar, pasan por delante del lavadero y las mujeres los miran de lado santiguándose con el gesto, sin tocarse del todo para no mojarse. La ropa se hunde en el agua y el jabón al ritmo de una plegaria, como todo lo que inevitablemente se teme. Ahí van, *coitados*, ahí van ellos, déjalos ir en paz, Señor, cuídalos, Señor, que nada malo les pase, Señor, no los dejes enfermar, Señor, que curen el hambre de su madre, Señor, que lleguen sanos y salvos, Señor, nuestro Señor.

Amén.

Llorar es una vergüenza, las mujeres y las criaturas lloran, pero un niño que se queda en el lugar de su hermano mayor tiene que aguantarse las lágrimas. Da igual que aún no tenga edad para ser hombre, que no haya quien mire por ti te arranca de ser niño. Eso es seguro.

Orestes se aleja de la casa, consciente de que cada paso es irremediable. Pedro camina un poco más atrás, lo sigue medio escondido, saltando entre los matojos, pensando no se sabe el qué. A su lado, Pachín, un can menudo que duerme detrás de la puerta de la cocina, caza ratones y come las sobras. Verlo vigilar la casa es casi una burla porque un animal tan pequeño no da miedo a nadie, pero tiene el sentido de la propiedad y de la lealtad de quien sigue tus pasos como si fuese lo único que ansía hacer en la vida. Pedro no quiere llorar, pero llora y los ojos le arden, quiere llamar a su hermano y pedirle que no se marche solo, pero cada vez que está a punto de hacerlo el aire se le queda parado en medio de la garganta. Orestes le prometió que si le iba bien en Cuba le mandaría llamar para que fuese a trabajar con él; también que le enviaría dinero para ir a la feria de Santiago a comprarse un cerdo o un tambor, lo que él quisiera. Pedro lo único que quiere es que su hermano lo lleve con él ahora, que lo esconda en el barco y le dé parte de su comida, que intenten hacer fortuna juntos, aunque antes lo mate a patadas por haberse escapado. A Pedriño le sangran los pies porque dejó las zocas en casa; si las hubiese cogido, Orestes lo habría oído salir antes que él. Camina por las piedras mojadas y hunde los pies en el barro como si fuese primavera y no le importase nada.

Apenas se vio una luz tenue y nublada sobre la tierra, Orestes se fue. Camina sin equipaje porque lo que tiene lo lleva puesto: Mamamaría le puso en el bolsillo una bolsita de tela con un poco de tierra y un ajo macho. Tierra de la puerta de tu casa, *meu fillo*, porque ahí están los que te esperan, y un ajo macho que te proteja del mal de ojo. Cuando Orestes llega al *cruceiro*, al lado del lavadero, hay algunas mujeres que se acercan con cestas en la cabeza llenas de sábanas y también un hombre desconocido con chaqueta negra de paño que apunta cosas con un lápiz grueso en un papel doblado varias veces. Alrededor del *cruceiro* se arremolina un grupo de rapaces y Orestes se mezcla con ellos. Luego, el hombre que escribía les dice algo y echan todos a andar, las mujeres los miran alejarse y se santiguan. Pedro y Pachín los siguen a cierta distancia.

En Vigo, José Couto amanece con otros cuatro hombres en el hueco de una barcaza; huelen a redes podridas y a marea. El barco que los lleva a Coruña sale en un rato. Hay un hombre de la empresa parado en la rampa del muelle; a su lado, una tabla estrecha por la que subir al Virgen del Carmen. Algunos saltan y caen nada más tocar el suelo del barco, otros pasan como equilibristas por la tabla. Al hombre de la empresa le faltan dientes y tiene el gesto permanente de quien mastica la nada.

En el muelle, unos marineros asan sardinas para desayunar. Es difícil no sentirse un extraño en un lugar donde todo el mundo parece saber adónde va. Cuando has pasado la vida tierra adentro, verte al borde del mar es como verte al borde de un precipicio pero peor, porque no hay caída, solo un hundirse. José tiene miedo de acabar en el agua y que las olas se lo traguen, o que un pez venga y se lo trague. Tiene miedo de morir devorado, porque cuando era pequeño un cerdo le comió una oreja. Cuando llegó el tiempo de la matanza se comieron al puerco, que fue un poco como saldar cuentas, pero José no recuperó el trozo de oreja perdida ni el pedazo de mejilla que le arrancó con ella. Al cerdo tampoco le valieron de nada los gritos.

José el Comido. Las aldeas son crueles y distintivas, como los dioses. No es por maldad, sino por un afán clasificador casi enfermizo, una necesidad de dar nombre a las cosas. Ojalá fuese así siempre, ojalá todo se nombrase por su aspecto y vivir en un mundo de referencias inmutables, pero no: el bien y el mal y Dios y el demonio siguen cruzándose y uno ya no sabe. Uno nunca sabe.

José el Comido hasta hace dos semanas tenía un hijo. La criatura fue víctima de unas fiebres malas, mandaron llamar a una *curandeira* de Porriño que le puso las manos y le dio unas friegas. El angelito murió esa noche. Uno nunca sabe qué es bueno y qué es malo; por eso, José se marcha y deja a la mujer con el vientre y la casa vacíos. Ni hijo, ni marido. José se iba a trabajar al azúcar para alimentar a su familia, no quería marchar a Portugal donde solo hay miseria, pero la criatura ya no vive y ahora marcha como quien huye de la peste. José el Comido huye de la peste. Por eso piensa que a veces lo bueno es malo y lo malo es bueno, que en realidad nunca se sabe. Las personas somos así, los animales no tienen dilemas.

José el Comido tiene un gemelo. Un hermano idéntico al que no atacó un cerdo porque en ese momento la madre lo tenía en brazos, acertó solo a darle una patada en los hocicos y dejarlo ir con la carne del otro niño entre los dientes. Cuando llegó el tiempo de la matanza, la madre lavó las tripas del animal con miedo a encontrarse aún los pedazos y no probó bocado; decía que era como comerse a su criatura. Las madres son capaces de ver en todo el reflejo de sus hijos, hasta en el intestino de un puerco muerto. José habría preferido perder un dedo que una oreja y parte de la cara; las manos pueden llevarse en los bolsillos pero la cara va descubierta, y ver a su hermano con la misma faz pero sin mordisco le recordaba cada día lo que él habría podido ser. Guardaba rencor a su madre porque no lo cogió en brazos y ella, como si cumpliese una penitencia, no volvió a comer cerdo. Uno nunca sabe qué es lo bueno.

¿DÓNDE ES CUBA? LEJOS. Lejos es un lugar, como es un lugar fuera. Los de lejos son de más allá que los de fuera. De fuera son los castellanos y los portugueses. Luego están los de lejos, esos son de una zona después del mar de donde aún poca gente vuelve, donde no hay nada más, una especie de línea imaginaria de no retorno. No quiere decir que no puedas volver, sino que nadie puede volver siendo el mismo. Por eso los rapaces están impacientes por marchar, porque quieren saber quiénes podrán ser al otro lado, qué habrá esperándolos allí que aún no han conocido en este lugar de la tierra.

Mamamaría sabe que no vivirá para verlo volver y no puede ni mirar a Orestes sin llorar, y el padre no puede mirarla a ella, es de esos hombres que reaccionan a las lágrimas como si los estuviesen acusando. Buena suerte tiene el rapaz de ir a ganar dinero, yo también me iba al *azucre* si tuviera dos piernas que me levantasen, pero no tengo y me quedo aquí, como un árbol podrido. El padre escupe en el suelo como quien rubrica lo que acaba de afirmar y repite en tono de rezo: Soy un árbol podrido, un árbol podrido.

Pedro y Pachín van saltando entre los arbustos escondidos detrás de los árboles, siguiendo a los rapaces en la distancia. Orestes camina sin hablar la mayor parte del tiempo. Pedro tiene las manos arañadas de esconderse entre las silvas y los tojos se le clavan en los pantalones, pero no le importa. Se hace de noche, los rapaces paran y se preparan para dormir en un pajar de una casa de postas. Entonces, Pedro se da cuenta de que está muy lejos de casa y de que no ha comido. Piensa en el padre y tiene miedo, miedo de que lo mate de una tunda y miedo de que Mamamaría se vuelva loca llorando por todos, llorando por la madre muerta, porque Orestes se va o por él, que ha desaparecido de repente. Mamamaría llora como si fuese a bendecirlos a todos con sus lágrimas. Con todo ese miedo como una piedra de barro deshaciéndose en el pecho, Pedriño llora sentado en la hierba mojada, llora con la desesperación del que se queda y el temor de quien no quiere volver. Pachín le lame la cara y las orejas. Él se deja, manso como un cachorro.

¿CUÁNTO TIEMPO SE TARDA en llegar a Cuba? No sé, rapaz, pero debe de ser mucho, porque hay que ir por mar. ¿Usted ya vio el mar alguna vez? Pues claro, rapaz, en Vigo, en Coruña, en Muxía... ¿Y es muy grande el mar?

¿Veis este valle? ¿Veis la niebla por encima de los árboles? ¿Veis que no se puede ver nada más? Pues el mar es igual. No puedes ver nada más. Todo es mar.

Orestes no entiende muy bien la explicación, pero abre la boca con los demás mientras el hombre de la compañía les explica lo que es el mar o lo que es Coruña, carraspeando entre frase y frase. Vamos a pasar por Santiago, vais a ver la feria, que es la más grande, vienen castellanos y ganado y arrieros que traen de todo y llevan también cartas a Madrid.

¿Madrid está muy lejos? Mucho, más que Cuba, porque a Madrid hay que ir andando a paso de mula.

La tierra nos odia, José; si no, no nos haría esto. La tierra se pudre de lluvia, las fiebres se llevaron al hijo y ahora tengo que quedarme sola a cuidar este suelo muerto que no me da ni una patata para alimentarme. José no contestó, nunca hay que contestar a las mujeres cuando piden cosas, ni cuando lloran. Carmen se recompuso. Mañana en cuanto amanezca me levantaré y te prepararé unos huevos, puede ser lo último que haga para ti. José volvió a callarse, no vale de nada discutir con las mujeres, bastante tienen con lo suyo de no entender, de no valer para ser hombres y de tener que parir hijos que mueren cualquier día o a los que se los come un cerdo. Bastante tienen ellas.

A la mañana siguiente Carmen se levanta y pone unas brasas en la *lareira*, coloca una sartén de hierro al fuego con un pedazo de grasa de cerdo y casca un par de huevos que hacen el sonido más alegre que se ha oído en esa casa desde la muerte del hijo. José se sienta a la mesa, se sirve un vaso de aguardiente, se lo bebe de un trago y espera con las aletillas de la nariz aún temblando. Carmen sirve los huevos, él se los come en dos bocados, se limpia la boca con el dorso de la mano y se levanta, ella lo abraza como se abraza lo perdido. Él se deja aunque no le corresponde, aquella mujer ya no es suya, es algo ajeno. Su vida ya transcurre en otro lugar, aún no sabe dónde, pero hay algo de todo lo que le rodea que resulta tremendamente extraño y, al mismo tiempo, revelador.

José el Comido sale de la casa donde murió el niño y deja la puerta abierta. La gata, que pasó la noche resguardada entre la leña con sus crías, entra hasta la cocina con uno de sus gatitos en la boca, se lo deja a Carmen como una ofrenda al lado del fuego y vuelve a salir y, como si se tratara de una operación matemática, repite el procedimiento hasta dejar a los tres gatitos a sus pies. Carmen tiene todo el cuerpo aterido, se ha visto a sí misma en el animal que solo busca refugio para sus crías y se ahoga en su propio llanto mientras pone en un plato migas de brona y leche para los gatos. ¿Qué va a ser de mí, con un hijo muerto y sin marido que me guarde, Señor?, ¿qué será de mí sin nada? Con una tierra muerta, Señor, nuestro Señor, ayúdame. ¿Y si enfermo?, ¿qué será si no puedo pagar la renta al pazo? Ay, Señor, apiádate de esta hija tuya que está sola en el mundo, que es una mujer sin hombre, una viuda sin muerto. Ayúdame, Señor, nuestro Señor, ayúdame.

La caravana de mulas cargadas marca la cadencia de un ciempiés subiendo y bajando los caminos llenos de barro y piedras. ¿Y luego dónde lleva usted a estos rapaces tan jóvenes y tan dispuestos? Tengo que llevarlos hasta Coruña a coger un barco, pasamos por Santiago y de allí aún no sé si cogemos una diligencia o continuamos a pie. Ah, muy bien, ¿van para Lisboa? No, señor, van a Cuba, a trabajar ¿A Cuba? Sí, señor, van a trabajar el azúcar para la compañía de Feijóo Sotomayor. En Castilla ya no se gana, hay que ir donde está el pan. Tiene razón, quién me diera irme con ellos, pero ya estoy viejo. Tienen buena suerte, que están jóvenes y tienen la espalda tierna. Yo ya no valgo para doblarme, pero ellos... Van a hacerse hombres y algunos puede que hasta hombres ricos, que allí hay mucho rico. Los ricos solo van adonde hay pobres trabajando para ellos. Pues a eso van estos, hay mucho trabajo allí y no hay quien lo haga como es debido. Tienen que tener cuidado en Coruña, me crucé en Astorga con un arriero amigo que venía de allí y me contó que tienen la peste. Los desgraciados enferman de un día para otro y mueren a montones. Dicen que el mal vino en un barco, pero yo eso no me lo creo, debe de ser un castigo. ¿Cómo va a venir un mal en un barco? ¡Eso digo yo! Que algo habrán hecho. Da miedo verlos, ponen a los difuntos en la calle y les prenden fuego, nadie los quiere tocar, las calles huelen a carne quemada y a humo. Parece talmente el infierno. Eso será cosa del demonio, él viene aunque no lo llames y no necesita barcos.

Unos pasos más atrás los rapaces escuchan incrédulos. Uno no sabe qué creer cuando todo es posible. Cuando va a un lugar que no se sabe dónde está, por un camino que nunca ha transitado. Todo lo que cuenten que acontecerá podría ser. Y todo lo que tiene que ver con el demonio, más.

Los rapaces, el hombre de la compañía, el arriero y las mulas llegan a la posada con la helada de la noche y de barro hasta las rodillas. El posadero los manda sentar en una mesa grande y llama a una hija que va poniendo delante de cada uno una cunca de caldo. Otra muchacha, que también debe de ser hija del posadero porque los tres tienen los mismos dientes de caballo, corta pedazos de brona y va dando uno a cada rapaz. Ninguno de ellos ha probado en su vida el pan blanco, por eso la brona les parece bien. Algunos la echan al caldo para que espese. Poco a poco, rapaces, que se acaba y no hay más. Los rapaces hunden la cara y sorben del borde mismo de la cunca, abren la boca para que entren con el caldo los trozos de patata y los grelos; alguna gota se escapa por las comisuras de los labios, pero la apañan con la mano o con un trozo de brona. No se habla para comer, porque nada es más importante que comer. Pero los rapaces son rapaces y comen con ansia porque llevan todo el día caminando leguas y les duelen los pies aunque sean jóvenes, aunque estén mojados. El Tísico tose con la boca cerrada, no vaya a ser que el hombre de la compañía se dé cuenta de que es tísico de verdad.

En el pajar grande donde se guardan las caballerías, las mulas del arriero están cercadas y emiten un calor pastoso y verde como una manta de musgo; los rapaces duermen vestidos, en fila, sobre la paja. Orestes se tumba entre Trasdelrío y el Tísico, cae rendido y se queda inconsciente en menos de cinco minutos. El Rañeta ronca, porque nada lo puede hacer en silencio; sueña que se levanta por la noche y muele a patadas la cabeza de Orestes, nunca le va a perdonar lo que hizo. En medio de la noche se despierta y lo mira, dormido. Piensa en lo que podría hacer, pero se queda quieto porque está el hombre de la compañía. Cuando llegue el momento estará preparado, mejor dejar que se confíe.

Una mula da una patada en el suelo y resopla, como pidiendo silencio. Lo hace sin maldad y por el bien de todos, porque las mulas, ya se sabe, llegan agotadas al final del día.

Así QUE TÚ TAMBIÉN eres de los que se van a Cuba; muy bien, rapaz, muy bien. Yo no le puedo dar los santos óleos, mujer, ¿no ves que está perfectamente? Pero por si acaso, don Argimiro, ¿y si encuentra al demonio allá? Si encuentra al demonio, que rece; ¿tú sabes rezar, rapaz? Sí, señor. ¿Rezas siempre? Sí, señor. Pues ya está, rezar es lo que nos protege del demonio, y obedecer, y no mentir.

Don Argimiro era un cura flaco con los dientes podridos, un cura que escupía bien en la distancia y que a veces, las noches que bebía aguardiente, lloraba en alto y gritaba a las ánimas del purgatorio, les hablaba de tú a tú. Lo hacía en latín, así que nadie sabía qué les decía; se ponía de pie y braceaba a lo alto con tal furia que, si Dios existiese, lo habría fulminado inmediatamente.

Hay que ir a Cuba, rapaz, hay que trabajar el azúcar y hay que llevar a Dios nuestro Señor con nosotros. Todo eso hay que hacer. Sobre todo, trabajar; trabajar mucho. ¿Vas a ser buen cristiano? Él es muy buen hijo, don Argimiro. ¡Deja hablar al rapaz! Para las madres todos son buenos, luego ellas se dan la vuelta y no saben qué andan haciendo los suyos por ahí. Las mujeres solo valéis para llorar a los hijos, para parir y para llorar, por eso sois menos, por eso no valéis para nada más ¿Vas a ser buen cristiano, rapaz? ¿Vas a rezar todos los días? ¿Te vas a encomendar a Dios? Mira que te vas muy lejos y eso puede ser tu fortuna como tu ruina. Tú cuando tengas dudas solo tienes que pensar si harías eso si Dios te estuviese mirando, porque Dios lo ve todo, Dios está siempre mirando, ¿me entiendes, rapaz? Dios lo ve todo, ¡todo lo ve!

Don Argimiro le posaba la mano en el hombro y apretaba con cada palabra, era capaz de convertir un gesto amistoso en advertencia o en amenaza solo aumentando la presión. La mano sarmentosa como una rama de árbol fósil; unas manos que solo debieran utilizarse para desollar y romper huesos. Don Argimiro apretaba y Orestes pensaba que en un giro mínimo podría dislocarle el hombro de tan fuerte como lo agarraba. A Orestes a veces el hombro izquierdo se le salía de su sitio, desde pequeño, nadie sabía por qué. Lo llevaron a una *meiga* en Allariz para que lo viese, que dijo que era porque el demonio venía a buscarlo y cada vez que lo asía de la mano para llevarlo, como el niño era buen cristiano, le dislocaba el hombro, pero que eso no quitaba que cualquier día lo llevase como si fuese suyo a los infiernos. Dijo también que había que pagarle dos docenas de huevos y un pollo desplumado, y que ella ahuyentaría al demonio, pero que para eso había que encomendarlo a san Roque y darle unas friegas con aceite de oliva en el pecho. Mamamaría moría de miedo cada vez que se nombraba al demonio, así que pidió dinero prestado para comprar aceite de oliva y se lo ponía cada noche mientras rezaba, y le lavaba la cara con agua de flores y no sabía qué hacer con él con tal de que el demonio no lo llevase.

Orestes no entendía muy bien para qué servía rezar, porque rezar nunca le quitó el hambre ni le hizo sentir menos frío; le parecía que rezar funcionaba peor que una manta y un trozo bueno de pan, pero no dijo nada, asintió con la cabeza mirando al suelo. Orestes esquivaba la mirada a don Argimiro como se esquiva la del lobo o la de los perros rabiosos. Como aquella vez que se encontró con el lobo y se quedó quieto con la mirada baja, y el lobo solo lo olisqueó y se marchó. Nunca lo contó a nadie; si no, habrían pensado que tenía un pacto con él. Nadie se cree que un lobo te perdone la vida. Las personas también pueden ser animales, muchas veces son animales, las personas también toman como ofensa que las mires de frente, como los lobos.

Muy bien, rapaz; lo importante es que no te creas que porque estás lejos, Dios no te ve. Dios nos ve a todos, Dios está en todas partes. Dios está mirando. Tú reza, confiésate, trabaja y haz el bien, no te juntes con malas gentes. ¡Y tú no llores, mujer! Que parece que solo sabéis llorar, el rapaz va a trabajar y eso es una bendición de Dios. Ay, don Argimiro, pero ¿y si muero yo y no lo veo volver? Si mueres tú, es la voluntad de Dios. ¿Quién eres tú para llevarle la contraria a Dios?

En ese momento un pajarito que se había colado en la iglesia cayó agonizando a los pies de Orestes, aleteó un par de veces, como despidiéndose, y murió. La madre se llevó la mano a la boca aterrorizada. Algo malo iba a pasar.

Juan el Rañeta se ríe en alto, grita y avanza a zancadas porque hay algo que parece que se le sale del cuerpo, las mulas caminan cargadas y él les da palmotadas en las ancas. Orestes no lo mira, pero lo siente detrás y espera lo inevitable, o que una mula lo patee y lo descalabre o que un día acaben de pelearse con piedras en las manos. Porque hay cuestiones que no acaban a no ser con sangre, y no hablamos de grandes asuntos de honor, sino de cosas normales. Rañeta lo mira, levanta el labio de arriba y le enseña el hueco donde antes había un diente como una advertencia de algo que no dejará sin cobrar. Dice sin decir, se entiende todo.

Caminar y llover, llover y caminar. Un ritmo constante que te va hundiendo en el suelo cuando en realidad lo que quieres es marcharte, cuando en realidad lo que deseas es partir. La tierra se niega a dejarte marchar, te empapa y te engulle como un paisaje líquido que se impregna y entra hasta el fondo de los poros. En la epidermis, la piel debajo de la piel, llevamos gotas de agua de *orballo*. Quizá Orestes nunca quiso irse, pero tampoco quería quedarse. No hay nada por lo que permanecer y mucho por lo que partir; sin embargo, ni siquiera sabe lo que le espera, aparte de trabajar. Pero un chico, un rapaz, es un chico, es un rapaz, y lo aguanta todo. Casi todo. Solo tiene miedo a que un demonio vuelva a buscarlo y le disloque el hombro, a quedarse lisiado, porque con un brazo colgando uno es un inútil, a un hombre le hacen falta los dos brazos y dos piernas.

Orestes nunca ha tocado el mar, solo lo ha visto de lejos, el mar es grande y no se acaba, como el hambre, por eso no tiene miedo de adentrarse en él, el hambre quita el miedo a casi todo, uno se enfrenta hasta a un lobo si es necesario. Tener hambre es peor que tener frío. Cuando no llueve, sopla el viento como si se quejase. Somos de un lugar que no nos quiere, que nos azota y nos lo niega todo, nuestra tierra tal vez nos odia. ¿Y Dios? Si existe, hace tiempo que no nos escucha.

OTRA VEZ PASAN EL día andando, son ya veinticinco rapaces y el señor de la compañía que los apura todo el tiempo. Al principio todos iban muy charlatanes y entusiasmados, según las horas pasan y aumentan los pasos parece que las palabras se les van consumiendo. Viajan en caravana con dos arrieros que vienen desde Madrid, traen textiles y aceite de oliva, van para la feria de Santiago. Cada uno lleva un hato de siete mulas cargadas que marchan en fila como militares y cuidan de la carga como si fuesen a venderla ellas. Buscan el lugar propicio, la esquina justa, la piedra exacta donde colocar la pata y avanzan como si conociesen el camino. Si no fuese porque llueve constantemente y las patas se les hunden en el barro, cualquiera pensaría que han elegido ellas su propio destino.

Orestes camina solo dos pasos por detrás del resto de los rapaces; piensa en la madre muerta y en Pedro; a lo mejor habría sido mejor traerlo con él. Las aldeas vacías de hombres son presa fácil para todo lo terrible: las mujeres, los niños y los viejos son seres vencidos si no hay quien mire por ellos. Cada paso que da lo aleja más de su casa y de lo que fue suyo, de repente todo parece rotundo como un final. Cada huella es una piedra más en una especie de muro invisible que lo va aislando de todo, incluso de lo que aún puede ver, porque para marcharse no basta con poner distancia: hay que obligar a la mente a irse también.

Nadie pregunta a las mulas lo que quieren; sin embargo, ellas lo ven todo y lo rumian todo mientras cargan fardos enormes una legua tras otra. Parecen no poner más atención que a su carga y al camino, pero van escuchando todas las conversaciones y por las noches se pasan información unas a otras. Al principio, estaban desconcertadas al ver a tanto muchacho que se juntaba a su caravana; luego lo entendieron. Aunque ninguna sabe muy bien qué van a hacer ni adónde; pero claro, son catorce animales uniendo hilos de conversaciones como quien remienda una red de pescar. Eso y que las mulas tampoco son especialmente inteligentes; son fuertes, eso sí, y buenas de mantener, solo comen pasto y algo de cebada. Por eso compensan, pero tampoco se les puede pedir gran cosa en cuanto a recursos discursivos, son animales de carga.

Las mulas cuchichean por las noches. A pesar de estar cansadas, tardan más en dormir que los rapaces, sienten compasión por ellos porque las bestias de carga son las más piadosas. Nadie como ellas sabe lo que es no tener dónde reposar el cuerpo después de soltar el peso que arrastras. De todas las criaturas que nos rodean, ellas son lo más parecido a los mártires, a Sísifo, a un esclavo.

La feria de Santiago es un espectáculo para quien quiera verlo desde unas cuantas leguas antes de llegar. Por los caminos, como los peregrinos, van llegando los viajantes, los *gaiteiros*, las mujeres que despachan queso y leche y sardinas, los tratantes que venden vacas y cerdos. Una mujer arrastra un carrito lleno de lechones que gritan cada vez que da un tirón o tropieza con una piedra; los cochinillos chocan unos contra otros como frutos de un mismo árbol de carne rosada y tersa, abren la boca sin dientes y hacen chiu chiu chiu. Mujeres con gallinas en cestos, con pollitos, niñas con lecheras. Mujeres que sobre la cabeza podrían portar un universo entero pero llevan un hatillo de panes crujientes; y entre las sayas, dos o tres niños descalzos.

El señor de la compañía se encuentra con otro hombre que viene también con un grupo de rapaces y tiene el mismo aire de quien es guía de ganado. Se dan palmotadas, se miran mutuamente a los muchachos y se dicen: Buen material llevas, y se ríen. Uno le pasa al otro una bota de vino, aún hay que esperar a otros que vienen de Milladoiro, Carballiño y Ortigueira. Todos los rapaces son iguales, o casi, son rapaces blancos y colorados, de pelo trigueño, muchos de ojos claros, algunos llegaron atravesando valles y bosques, otros llegarán por mar y otros, como Orestes o como Rañeta, bajaron de la montaña, pero por lo demás son iguales. Rapaces que ya tienen las manos y los pies duros porque para trabajar no se puede ser tierno. Rapaces que dejan memoria en la tierra y otros que no dejan nada, algunos están emocionados y no paran de hablar y otros están callados porque no hay nada que decir cuando tú mismo no controlas tu propio destino, solo dejarse llevar y seguir un paso tras otro.

Las mujeres anuncian a gritos sus mercancías, los tratantes llaman a los compradores y regatean con la indignación que uno guarda para los días señalados, las vacas mugen, las ovejas balan y los cerdos chillan. Un *gaiteiro* suena de fondo y un ciego que no es tan ciego canta acompañado de una niña descalza que lleva un estandarte. Cuenta la historia del sacaúntos que mataba a mujeres en los caminos y luego les quitaba la grasa para ungüentos que vendía en las ferias.

A ese lo conocí yo. El hombre de la compañía lo sabe todo, lo ha visto todo. El sacaúntos es uno que se encontró con los lobos y no lo mordieron, los lobos no muerden a los suyos. Que te ataque un lobo es malo, pero que no te ataque es peor. No dejéis que os ataquen los lobos. Escapad de los lobos, porque si no te atacan, te *enmeigan* y ya no hay nada que hacer, puedes matar a gente, comerte su hígado y beberte su sangre, pero ya es todo cuestión del *meigallo* del lobo, tú ya no eres tú, como el sacaúntos. El hombre de la compañía escupe una flema negra como el presagio de encontrarse con un lobo y que te ataque; o lo que es peor, que no lo haga. El sacaúntos de Allariz está esperando su condena a muerte y probablemente no sepa que su historia se cuenta como un espectáculo.

La niña es flaca y pequeña, porta el estandarte torcido y con un dedo como un hueso de pollo señala las imágenes según el ciego las va contando. Aquí el lobo escapa después del *meigallo*, aquí el sacaúntos ataca a una mujer sola en un camino, aquí están él y sus amigos lobos, don Genaro y don Antonio. No andéis solas por los caminos, muchachas, que los monstruos, las bestias, los aparecidos, los lobos... no hay camino seguro, no hay lugar seguro, la tierra se abre bajo vuestros pies. Al ciego lo llaman el ciego no porque no vea, sino porque lo es; la obsesión clasificadora de los pueblos puede llegar adonde nunca imaginamos. El desgraciado no ve, pero tiene a la niña para decirle que hay un grupo grande de muchachos alrededor y él pregunta: ¿Quiénes son estos rapaces? Juan el Rañeta le grita que van a Coruña a coger un barco y luego a Cuba, que está muy lejos, a trabajar en el *azucre*.

Cuba no está lejos, somos nosotros los que estamos lejos. El ciego se vuelve hacia el lugar exacto en donde se quedó flotando la voz de Rañeta y le contesta como si lo viese a través de los agujeros de la nariz. Galicia es el fin del mundo, rapaz, cuando las legiones romanas llegaron a Finisterre se tiraron al suelo porque tuvieron miedo de mirar de frente al abismo donde moría el sol. ¿Cómo no va a tener uno miedo de ver el lugar donde empieza la oscuridad? Las lenguas de fuego se quedaron flotando sobre el agua como en el Pentecostés. Y cuando las legiones llegaron al río Limia, pensaron que era el río del olvido. Los romanos sabían que quien lo cruzaba ya no recordaría nunca más su lengua, ni su familia, ni su patria. Y eso es nuestra tierra, rapaces, el fin del mundo con la frontera del río del olvido. Esto, que es tan antiguo como las Santas Escrituras, es lo que tenéis que recordar: sois vosotros los que vais desde lejos. Estáis a punto de cruzar el mar que es más que mil ríos, no os olvidéis de nada de lo que os digo, porque solo el que sabe de dónde viene puede llegar a algún lugar. Y tened cuidado de no *apañar* el mal que aqueja a todo el mundo, el mal ese que dicen que viene en los barcos, que deshace a las personas desde las entrañas y las deja consumidas. Tened cuidado aquellos que salís de los confines y vais a tierra desconocida como fueron los romanos, porque vosotros no sois legionarios y nadie contará vuestra historia, solo sois rapaces.

LAS MULAS VAN DE vuelta a Castilla en fila, disciplinadas como obreras. Echan de menos a los rapaces, les hacían gracia sus conversaciones. Por fin entendieron que cuando ellos hablaban de *azucre* querían decir azúcar, las palabras cambian de unos lugares a otros, pero las cosas siguen siendo siempre las mismas. Esperan que todo les vaya bien en Cuba, aunque ninguna tiene mucha idea ni de economía ni de política de las colonias, así que su deseo no es más que buenas intenciones. Como ya dijimos, las bestias de carga son las más misericordiosas.

Cuando están llegando a Ordes, son ya un grupo grande como una romería; vistos de lejos, parecen una tropa o un cortejo. Orestes va pensando en si será verdad que cruzar el mar hace perder la memoria. Acaricia en el bolsillo la bolsita con tierra de la puerta de su casa, será mucho más difícil olvidar si hay objetos que fueron testigos de la otra vida. Recuerda a Pedro la noche anterior a marcharse preguntándole si le va a escribir, si lo va a olvidar, y sabe que no podría olvidarlo aunque quisiera. No quiere y no olvidará nada, da igual lo grande que sea el mar. Los perros ladran al paso de los rapaces y el Tísico aprovecha esos momentos de ruido para toser a gusto.

Vamos para Coruña, pero Coruña no viene a nosotros. Coruña está medio muerta e infectada, Coruña es un trozo de carne podrida, la calle huele a muerto y en las afueras del monte Eirís y más allá de los molinos de Santa Margarita, se llevan a los muertos en carreta para que los quemen. El mal que los mata vino del mar. Mar y mal son dos palabras casi idénticas, se confunden, porque el mal puede venir del mar y el mar puede ser un mal, el mal vino del mar y los rapaces salen a cruzar el mar. *Coitados*, Dios los guarde porque van solos. Que san Roque y las ánimas del purgatorio nos amparen.

Rosario no va a ir a despedirlo porque tiene que entrar a la fábrica, así que se levanta a las seis de la mañana y se toma un pedazo de pan y una cunca de caldo viendo al hombre dormir. Se hace un hatillo con un pañuelo donde mete otro trozo de pan y antes de salir se acerca al jergón donde duerme Tomás. Él se sobresalta y se incorpora con los ojos pegajosos.

Me voy, cuando vuelva ya no estarás. No. Intentaré ver el barco salir desde la ventana de la fábrica, te estaré mirando. El hombre sonríe dormido. ¿Escribirás por mí? Sí. ¿Me lo prometes? Sí, escribiré por ti y cuando pueda, vendrás conmigo. No te olvides de mí, Tomás. No me olvido, mujer, lo poco que sé escribir te lo voy a escribir a ti.

Se abrazan como quien no va a volver a verse en la penumbra de una casa de piedra cuando aún no ha amanecido. Ella le besa la cara, que Dios te ampare, que te vas muy lejos, y que te deje trabajar y ganar dinero. Tomás extiende la mano y en un gesto agarra la bendición con los dedos. Y tú no enfermes, que tienes que venir. Él sonríe de medio lado y sorbe los mocos de recién despertado. Salir de los sueños para que la mujer te bendiga y te ampare como a los gatos pegajosos que nacen en los rincones de las calles sucias.

Rosario se ata el pañuelo de la cabeza bien ajustado en la barbilla, la trenza le asoma por la espalda hasta la mitad, se ajusta el mantón en los hombros y sale a la rúa Nova y camina, se va cruzando con mujeres que también van a la fábrica, con otras que van a lavar cargadas de cestos de ropa en la cabeza. Amanece y al fondo se ven aún columnas de humo de los muertos por el mal que asola la ciudad y que fueron sacados de noche y quemados fuera, como un presagio. Rosario llega a la fábrica de tabacos con su hatillo, el pañuelo en la cabeza y el cuchillo debajo de la saya atado con un cordel a la cintura, porque una mujer sola tiene que defenderse de lo que surja y ahora es una mujer sola, más sola que nunca.

DESNÚDESE DE CINTURA PARA arriba y estese quieto, porque si no, no puedo auscultarlo y se queda usted en tierra. Nadie sabe bien qué es auscultar pero sí saben qué es quedarse en tierra y no pueden ni imaginarse lo que sería después de todo quedarse en el borde del muelle mirando cómo el barco se marcha sin ellos, así que mansos como un rebaño de borregos se dejan hacer. Al rapaz se le marcan todas las costillas, finas y puntiagudas como las espinas de un pescado, y se agarra un brazo con el otro, tratando de no temblar de frío. Orestes mira desde el fondo, ya desnudo, ya tiritando. Un par de auxiliares jóvenes van adelantando el trabajo al médico, recorren la fila de rapaces mirándoles el interior de los ojos, los dientes, las encías... El médico continúa, uno detrás de otro, como quien mira ganado en una feria sin verdadero interés en comprar ninguno. Abra la boca y no tiemble, estese quieto, déjeme trabajar.

Amador el Tísico tiene la sombra de un bigote adolescente que le cuelga sobre la línea de los labios, tirita de frío y la saliva se le acumula en las comisuras de la boca, está pálido, está más pálido aún de lo que ya es. Él sí sabe qué significa auscultar. No respirar como norma te hace aprender distintas cosas, cómo hacer para que el aire pase haciendo el menor ruido posible para no alarmar a quienes te rodean, cómo toser de lado sin un gesto de dolor al sentir la punzada en el costado, cómo disimular que escupes sangre... Lo ha aprendido todo, porque eso es lo que enseña la tisis, a fingir no tenerla, a no ser que seas un hijo de rico y puedas hartarte a comer; entonces es una bendición, incluso aunque te toque morir. Amador no sabe en realidad qué son los bronquios, pero se los imagina como dos puntos de luz debajo de las costillas, blancos y fríos como la nieve. Ojalá alguien pudiese explicarle que todos llevamos el mal de bronquios alojado en los pulmones, que es un hongo que vive entre los musgos que nos rodean y anida en ese lugar profundo y recóndito por donde pasa el aliento. Nadie entiende por qué algunos enferman y otros no, si el mal de bronquios vive dentro de todos nosotros como el alma o la conciencia. Es un misterio enorme.

Tosa, tosa otra vez. El doctor duda, intenta ajustar mejor a las costillas la trompetilla de latón a través de la que escucha el aire entrar y salir de los pulmones, suena una nota grave como el roncón de una gaita. Lo mira a la cara, a ver, póngase derecho y tosa, vuelve a ajustar, tosa fuerte. Amador tose, una tos silbante y perturbadora, el médico lo coge del brazo y lo pasa, muy bien, vístase. Orestes levanta los brazos para que el doctor le explore las axilas, aguanta la respiración mientras lo ausculta y ni se mueve cuando el latón frío se le posa en las costillas. Tosa, más fuerte, otra vez... puede vestirse; póngase luego en fila para pasar lista.

A cada rapaz al que el médico da el visto bueno, se le da un hatillo con su ropa nueva. Un pantalón, una chaqueta, zapatos y un sombrero. Ponerse ropa nueva da la ilusión de que quien emprende el viaje lo hace con piel nueva. La ropa vieja se queda en Coruña formando una montaña en el suelo, vacía de cuerpos, como la piel abandonada de una serpiente. Los rapaces son, ahora sí, todos iguales, todos el mismo, todos intercambiables, piezas del mismo rebaño.

En el muelle, unas mujeres arrastran carretillas de víveres y fardos que van al Villa de Neda y los rapaces las miran trabajar como días antes miraron a las mulas. Levantan cestos, hatillos, cajas y baúles con la precisión y fuerza de los soldados cuando salen de maniobras. Tendrá que pasar aún mucho tiempo para que se rebelen y saqueen las cargas en lugar de besar el puño que les paga con una limosna; pero es normal, todo el mundo acaba despertando un día. Hasta los animales.

EL VILLA DE NEDA sale de puerto como sale una procesión en Jueves Santo, orgullosa, sin darse cuenta de que en realidad va a celebrar la muerte. Pero el mar, que en eso demuestra ser maligno, lo deja entrar como quien abre una puerta secreta y lo acoge como lo haría un enemigo íntimo. Pasa al lado de la playa del Parrote, del castillo de San Antón, y cruza la Marola sin contratiempos. Coruña va quedando atrás y empieza a desaparecer en medio de una niebla baja, porque el mar no se conforma con ser mar, también trae la niebla.

Las gaviotas chillan porque llevan las almas de los muertos, se suben a los palos y tratan de posarse en las vergas, pero no hay nada que comer y marchan enseguida, se las oye gritarse unas a otras como quien se reta o se da recados, de repente oscurece y todo se vuelve como una gruta. El vientre del barco es estrecho, oscuro y crujiente, los rapaces aprenden a arracimarse ahí abajo igual que las ratas se colocan unas encima de otras. El techo es bajo y colgados de las vigas, bien pegados unos a otros, tienen los cois donde acostarse. El mar los mece como hace con los niños, pero por alguna razón no da sensación de arrullo, será que falta la voz de una mujer para que aquello se parezca a una cuna. Los cois de Orestes y el Tísico cuelgan uno al lado del otro, justo en el borde que separa los de ellos y los de los marineros, que están en la popa. Hay un marinero tumbado que no los mira pero los oye, se llama Gonzalo.

Gonzalo les cuenta la historia de la polacra San Antonio, ¿qué es una polacra?, un barco que se hundió con ciento cuarenta reos del castillo de San Antón frente a la playa de San Amaro. Se ahogaron muchos y los que llegaban a la orilla no se podían diferenciar de los muertos, estaban desnudos y sangrando porque las olas los habían llevado contra las rocas. Las mujeres salían a auxiliarlos y se quitaban sus propias ropas para cubrirlos. Les daba igual si eran condenados, marineros o ánimas del purgatorio. Las mujeres son así, capaces de quitarse el pan de la boca por los desgraciados.

A veces, depende de como esté el mar, pueden verse los restos del barco; y otras veces, cuando hay niebla como hoy, se le puede ver navegando lleno de almas en pena. No se sabe bien si las sombras son las almas de los desgraciados que se ahogaron o la alucinación del ojo que mira, sobrecogido porque acaban de contarle la historia. En realidad, no importa. Nadie busca en sus propios ojos la explicación para lo que cree, sino el pretexto para seguir creyendo. En eso, el mar no es distinto de la tierra.

Se agradece, después de caminar tantas leguas, poder pasar unas semanas sin hacer nada, ser llevados y esperar a que sirvan las comidas, dormir mecidos por las olas y no pensar, solo soñar con pan blanco. Los *coitados* no cuentan con el mal del mar, pero mejor así, tampoco hay que decírselo todo antes de empezar. Cuando uno sube a bordo de un barco por primera vez tiene que aprender a moverse de nuevo, aprender, sobre todo, dónde colocarse para no estorbar, y tiene poco tiempo para hacerlo porque normalmente el cuerpo suele estar demasiado ocupado empezando a marearse. Un pasajero en un barco es una mercancía y un pasajero mareado es un fardo de carne que solo busca un lugar donde la nave se quede quieta. Y no lo hay, no lo habrá durante semanas.

Acostumbrarse a que en el medio del mar no exista el silencio, a que la tranquilidad sea una brisa suave, un chapoteo y el crujido de las entrañas de un barco, un crujido que en tierra sonaría como una amenaza, pero aquí no.

Vamos a ir a Cuba y eso es mucho tiempo, en un barco hay que tener disciplina y si no la tienen, les haremos tenerla. Compartirán espacio con la marinería, cada uno tendrá un coy del que tendrá que hacerse responsable y no estorbarán a nadie, comerán lo que se les dé a la hora que se les dé, no saldrán a cubierta más que cuando el mar esté en calma y nunca todos a la vez. Harán su inmundicia en los baldes cuando estén en la batería o en los beques si están en cubierta. Los baldes hay que vaciarlos, porque de la inmundicia vienen las enfermedades y mi obligación es dejarlos en La Habana en buen estado. Aquí son ustedes mercancía y la mercancía se coloca en su lugar y no pregunta, no hace nada que no se le mande.

Nadie duda de que el que habla tiene que ser el capitán, quien se dirige de esa manera sabe exactamente lo que hay que hacer en cada momento, es lo único que hace que te llames capitán de algo, dominarlo todo. Ser más que el jefe, ser la ley. Un poco menos que ser Dios, porque el capitán es el último en abandonar el barco y vela por nosotros. Por eso, aunque ninguno entiende lo que significa coy, ni batería, ni beque... nadie pregunta.

Cualquier marinero aquí tiene autoridad sobre ustedes, nuestro trabajo es llevarlos y el suyo, obedecer. Aquí la ley somos nosotros, los que sabemos somos nosotros, los que cruzamos el mar somos nosotros. Serán muchos días y pueden caer enfermos, lo más importante es que no estorben y nos dejen trabajar. Todos los domingos, si Dios quiere, el señor capellán oficiará misa; recen para que el Señor nos asista y nos dé una buena travesía.

Se dio media vuelta y no volvió a dirigirse a nosotros hasta el día que llegamos a Cuba.

Coruña ya quedaba atrás y los rapaces aún estaban apelotonados en cubierta, sintiendo el viento sin saber bien cómo plantar los pies sobre las tablas del suelo.

A LAS CUATRO DE la mañana los marineros hacen el cambio de guardia, toman café hecho con los posos del día anterior y un pedazo de bizcocho seco, aquí llaman bizcocho a una masa dura que no se deja comer. La tripulación hace sus turnos, se levanta y se acuesta a la orden, duerme y despierta no como las personas normales, sino como quien tiene sus ritmos acomodados a los del barco. El mar es otro mundo.

En el Villa de Neda van las trescientas quince almas de los rapaces, la tripulación, que es casi un ejército pequeño, el capellán y el médico, que no es el mismo que los examinó antes de embarcar; es otro, pero tiene el mismo aire de quien consigue ver los intestinos de un hombre solo mirándolo a la cara. Quedan sin contar las ratas que habitan la sentina, no es posible hacer un censo, tampoco molestan demasiado, solo hay que rezar para que sigan ahí. Ni Orestes, ni el Tísico, ni Trasdelrío, ni el Comido se imaginan que duermen sobre una legión de ratas que ha viajado más que ellos.

El cocinero, un marinero gordo y encorvado, se hace ayudar de dos marmitones que nos miran como si fuesen capaces de despiezarnos y servirnos hechos guiso. La cocina son unos potes colgados de una cadena, un fuego hecho en un cajón de arena y un taco de madera sobre el que se corta la comida. Quien dice comida dice tasajo, bacalao salado, sardinas... del bao del techo cuelga también una jaula con dos gallinas que miran a su alrededor estupefactas, aún no se explican qué las ha traído hasta aquí.

Todo lo que se come en un barco está preparado para sobrevivir, el barco está preparado para sobrevivir, aquí lo más frágil siempre es la carga, porque la carga no sabe y el que no sabe es como el que no ve. Da igual que sea una persona o un saco de patatas.

Del fondo del barco, como de un abismo, vienen gritos ahogados de muchachos vomitando, gemidos de *ay, mamaíña* y sorbidos de mocos después de vaciarse. Algunos rapaces no consiguen subir al coy para acostarse porque las piernas no les responden y se limitan a quedarse en el suelo pegados a uno de los baldes, donde vomitan por turnos. Apelotonadas las cabezas, los rapaces sienten que abandonan su propio cuerpo, el estómago salta tratando de huir. Esto no puede ser bueno, nunca nuestra propia carne se nos había rebelado de tal manera. El capitán dice que no se puede salir a cubierta porque cuando uno vomita por la borda puede caerse al mar, que no sería el primero, como si pudiéramos siquiera llegar a salir, ni arrastrándonos como gusanos.

Tranquilos, rapaces, el mal de mar solo tiene dos momentos malos: el primero, cuando piensas que vas a morir, que es donde estáis ahora; y el segundo, cuando te das cuenta de que vas a vivir y a tener que aguantar hasta que el cuerpo se rinda y se acostumbre. Orestes, Rañeta, Trasdelrío y dos rapaces más juntan las cabezas sobre un barreño como bestias abrevando y devuelven agua ácida con pedazos de comida, se salpican las caras y se echan hacia atrás suspirando con la boca abierta como peces moribundos. El marinero Gonzalo los mira y sonríe como un padre que ve a sus criaturas haciendo sus primeras gracias.

Orestes se limpia la cara con el dorso de la manga nueva, el olor a su propio vómito va a ir pegado al cuerpo como para recordarle que no estará nunca a salvo, que en cualquier momento su cuerpo decidirá no obedecer y no podrá hacer nada. Es peor que estar enfermo, es dejar de estar al mando. No vamos a morir aún, no vamos a morir aún. Nunca antes se había sentido amenazado físicamente sin que pudiese controlarlo, ni cuando vio al lobo; tampoco cuando el demonio quería llevarlo y se le dislocaba el hombro. *Tris tras, aparta d'aí, Satanás.* Se lleva la mano al bolsillo y toca la bolsita con tierra y el ajo macho. Cierra los ojos y el estómago se le convulsiona otra vez en una náusea seca como el grito de un sordomudo.

Un barco es una extensión del suelo que repta sobre el mar para llegar a la otra orilla, y no siempre lo consigue. Trescientas quince almas inocentes van en su interior. Los rapaces van colgados de los baos como las gallinas, las hamacas se *abanean* siguiendo el movimiento de las olas y el tiempo se pasa en esperar. Esperar la llegada, esperar la comida, esperar a que el estómago se asiente. El olor que los envuelve es pesado como si el aire se hubiese vuelto sólido: rapaces que han dormido en cuadras con los animales, que asistieron a vacas en partos, que en la matanza del cerdo recogieron la sangre caliente en un balde y a quienes el olor dulce mezclado con el de los intestinos llenos de inmundicia del puerco les golpeó en la cara, no han sentido nunca nada igual.

Aun así, da sensación de seguridad estar ahí abajo, la misma seguridad que daría haber sido engullido por un gran pez. Las crujías del barco hacen ruido como si todas las puertas del mundo se estuviesen abriendo. En realidad, es eso: en cuanto uno se adentra en el mar, ya no hay puerta que lo cobije. Está a la intemperie.

El capellán, el padre Arsenio, nos lleva a todos como un perro pastor lleva a las ovejas más tontas del rebaño: nos dice qué hacer y qué pensar, nos pregunta si hemos pecado, si queremos confesarnos... seguramente él también se aburre y busca algo que hacer entre comida y comida. Delante de él no podemos hablar de nada que no sea piadoso, o más bien, delante de él no podemos hablar, porque lo suyo es una homilía constante. Nos explica que Dios quiere que vayamos adonde tenemos que ir, que por eso nos ha metido aquí y que hay que dar gracias, que ir a trabajar el azúcar nos va a hacer hombres, nos va a sacar del hambre, que esto nos lo ha puesto Dios en el camino.

¡A ver si Dios quiere un día que nos den bien de comer! Una voz surge desde el fondo, en lo oscuro, perdida entre el mar de cois que se balancean. ¡Calla, Satanás! Nuestro Señor da lo que tiene que dar. El capellán aprieta los labios, intentando ver entre las sombras. Si no estuviera como estoy, iba ahora y te arrancaba las orejas, ¡blasfemo! Si estuviéramos en tierra se levantaría para traer a rastras al descarado que insulta así a nuestro Señor, pero es que la noche anterior el capitán lo invitó a cenar con él y tiene el vientre suelto. No puede permitirse movimientos bruscos.

Buena la iba a tener don Arsenio para arrancarle las orejas a José el Comido, que tiene más razón que el cura porque, si Dios estuvo en las bodas de Caná, sabe lo bien que sientan una comida y un vino. Nuestro Señor, que multiplicó los panes y los peces, bien podría mandarnos algo más que este guiso con carne seca y un pedazo de bizcocho que escapó de las ratas. Pero Dios es insaciable, lo quiere todo, nos quiere a nosotros, enteros, quiere decidir nuestros destinos y, si hace falta, comerse lo nuestro. Si el padre Arsenio pudiese entrar en mis pensamientos, me estrujaría los sesos con sus propias manos, no puedes pensar así de nuestro Señor ni aunque seas un rapaz. Orestes sonríe mirando al padre Arsenio, intentando que no lea en su mente las herejías, y el padre Arsenio lo mira embelesado, pensando que tiene cara de querubín con esos ojos azules y esos rizos pegados a la frente.

El pensamiento de que quizá se resistió demasiado al diablo se le presenta cada vez con más frecuencia y toma forma brillante y pulida como una canica. La imagen de Mamamaría llevándolo de la mano a la *meiga* de Allariz, las friegas de aceite de oliva dibujando siete cruces en sus omóplatos, aún diminutos como alas de gorrión, el *Tris tras, aparta d'aí, Satanás* de la boca de la *meiga* con aliento a ajo y laurel y ritmo de plegaria. El cuerpo de niño ungido en aceite para apartar al demonio. Visto ahora, desde el fondo de un barco que cruza un océano, parece un esfuerzo sobrenatural para quien no tiene nada. Esperemos que todo esto valga la pena.

Orestes, tumbado en el coy, mira al techo y no ve nada porque está totalmente a oscuras, pero mete la mano en el bolsillo y toca la bolsa de tierra y el ajo macho que le dio Mamamaría antes de salir de casa.

La tierra es nuestra, pero nos vamos.

La tierra ya no es nuestra, aunque esté en mi bolsillo.

Se puede plantar la tierra que no es de uno.

Se puede trabajar la tierra que no es de uno.

Se puede comer lo de la tierra que no es de uno.

La única tierra que es mía es la que llevo en el bolsillo.

Mío solo es este puñado, nada.

Los marmitones que asisten al cocinero se preocupan más de espantar a las ratas que de cocinar. Él les grita todo el tiempo que no coman, algunas palabras se le entienden y otras no, como si el habla no fuese lo suyo, o la boca no le perteneciese. Nunca se dirige realmente a nadie, suelta palabras entre resoplidos y vive y duerme al lado del cajón de arena donde están los calderos, como si ese fuera su puesto de guardia. Los marmitones no tendrán ni doce años y no parecen echar de menos jugar al sol; cualquiera diría que nacieron en este barco, su piel está dura como la madera del casco y su expresión es la de quien ya presenció más de un naufragio. Acarrean carga, vigilan las marmitas, preparan café para el capitán y el contramaestre, y reparten el rancho como hombres curtidos. Cortan la carne en salazón a machetazos; si les caes bien, si esperas tu turno, si no empujas o si tienes suerte, puede ser que te toque un pedazo bueno de tocino, y así nos llevan a todos con la disciplina de quien espera un premio en forma de bocado extra, como los perros debajo de la mesa.

El cocinero les grita palabras imposibles, pero ellos gritan al resto; puede que sea su voz lo que imponga o que llevan cuchillos en las manos. Solo las ratas están dispuestas a enfrentarse a ellos, a jugarse la vida por una patata o unas migajas de bizcocho seco del fondo del saco. Pocas sobreviven para contarlo. A saber de qué serán capaces cuando sean hombres.

El cocinero nunca da un bocado de más a los rapaces, solo a la tripulación porque, dice él, ellos son los únicos que trabajan aquí, nos llevan con sus propias manos y tenerlos contentos es importante. No cuenta que en los barcos muchas veces la comida es la peor fuente de conflictos; que un mal cocinero, uno que pone a la tripulación de mal humor, cae un día por la borda sin que nadie lo advierta y se acabó.

El capellán es de Mondoñedo y está gordo como un mundo. Cuando los marmitones empiezan a repartir, como si eso fuese lo único que sabemos hacer ordenadamente, se abre un pasillo para dejar pasar al padre Arsenio primero. Si el muchacho no le sirve la cantidad que a él le parece suficiente, sonríe como un serafín y le dice con voz de quien está acostumbrado a subirse a un altar: Vamos, rapaz, no vayas a dejar al Espíritu Santo con hambre, que una cosa es dar de comer a un cura y otra, al representante de Dios nuestro Señor.

A Rañeta el mal del mar no le deja aguantar nada en el estómago y no parece el mismo, no encuentra un momento de paz ni cerrando los ojos. Duerme al lado de un rapaz vecino de su aldea, que le acerca al balde cuando el mareo no le deja ponerse derecho. Rañeta nunca le da las gracias, pero cuando las náuseas lo sacuden como a un muñeco y no es capaz de tragar, le da su ración. Puede que el padre Arsenio y el vecino del Rañeta sean los únicos que lleguen a Cuba más gordos de lo que lo estaban antes de salir.

En el mar solo existen dos coordenadas, el puerto de salida y el puerto de llegada. El piloto o el capitán calculan, miran las cartas y las estrellas para determinar los rumbos, pero en realidad todo es cosa del destino, de si está en tu camino que llegues o no. ¿Qué importa que una estrella marque un lugar exacto? Importa que los vientos nos permitan arribar y que el mar no decida engullirnos por el camino. Para uno como nosotros, que solo es carga, que es un fardo de carne rosa colgado de una viga *abaneándose* en las entrañas de un navío, solo importa cuándo va a terminar esto.

Llevar un cura a bordo es un mal presagio. Un barco es, especialmente para los de tierra, una trampa llena de peligros, no deberían desafiarse los límites por encima de lo razonable. Un sacerdote es la representación viva de Dios y de la religión en una embarcación, que es una isla artificial llena de mitología pagana. Dos mundos colapsan, todas las supersticiones del mar son censuradas por la Iglesia, todo es pecado, todo es obra del demonio; sin embargo, solo eso cuenta para sobrevivir. Es lo único que importa. Cuando estás en el medio del océano sin ver otra cosa que olas oscuras cerrándote el paso, sintiendo un bramido a tu alrededor que solo puede venir de una entraña negra más allá del fondo del infierno, y el viento golpea como si no encontrase dónde apaciguarse, ¿qué puede ser más importante que sobrevivir? Nada.

Para navegar hay que tener otro tipo de imágenes, hay que buscar la referencia en otros lugares; al fin y al cabo, qué le queda a alguien que pierde el suelo bajo los pies más que poder creer en aquello que le da equilibrio. ¿Qué tranquilidad da el padrenuestro a quien las olas le pasan por encima, a quien no le aguanta la comida en el estómago y lo mata la sed, a quien sobrevive con el agua racionada y a cada trago de vino la cabeza vuelve a darle vueltas, a quien saborea durante horas su propia bilis porque el cuerpo se resiste a adaptarse a un medio en constante movimiento?

El mar no se hizo para los hombres, el mar es para las bestias marinas, para los monstruos, para los diablos. Pero Jesucristo caminó sobre las aguas. ¿Te estás comparando tú con nuestro Señor? No, Dios me libre. Pues eso, el mar no es para los hombres. Y entonces, ¿por qué lo hizo Dios? Alguna razón tendría, pero no te la va a decir a ti.

Los curas quieren que creamos como creen los ciegos, que nos encomendemos solo a lo que a ellos les interesa sin condiciones, y eso no puede ser. El superviviente ya tiene bastante con preocuparse de seguir respirando, y si no, que se lo pregunten al Tísico.

SUENA LA CAMPANA Y los marineros suben a la guardia, los que se retiran se meten en los cois y se duermen al instante, roncan como gente que no teme a nada. Estaría bien ser como ellos, acomodarse al movimiento del barco y dormir siempre acunado por las olas. Desde que salimos de puerto sueño todas las noches que el barco se abre por la mitad, me da pánico oír crujir la madera. A veces siento las olas batir justo al otro lado y muero de miedo pensando que lo único que nos resguarda son unas tablas.

Aún quedan unos días para que llegue la tormenta, porque el mar quiere siempre que te confíes antes de darte un golpe de gracia, uno de esos que te deja con las piernas temblando de tanto insistir en aguantar el equilibrio y te recuerda que eres tú el intruso, que él se deja navegar pero solo porque quiere, tú no tienes ningún mérito.

Dicen que hasta los marinos viejos pueden devolver durante una mala tormenta, nadie está realmente a salvo.

Trasdelrío siempre cuenta que vio a la Compaña, pero no es cierto; fue su hermano quien se la encontró una noche y murió poco después. Él se quedó con la historia igual que se quedó con su ropa, la muerte del hijo mayor de sus padres lo ascendió de categoría y tomó heredada también la memoria. El relato mejora mucho contado por un vivo. El hermano no murió inmediatamente, hubo tiempo de llevarlo a San Andrés de Teixido para intentar evitar que su alma se dedicase a vagar por la aldea. Como si no fuese suficiente con que muera un hijo joven... saber además que su ánima anda por ahí amenazando a los vecinos. Hay que hacer lo posible por dar paz a los muertos.

Cuando la madre aún pensaba que el mal de ese hijo podía curarse comiendo, le escondía algunas sobras de la cocina del pazo en un hatillo debajo del mandil. Eso no era robar, era tomar lo que sobraba, que a veces hasta se echaba a perder. La señora del pazo era piadosa y no se enteraba nada, pero la cocinera era tremenda y miraba por todo como si fuera de su propiedad; o peor: como si no lo fuese, pero le pagasen por vigilarlo.

Siempre hay siervos peores que los amos, sienten que así los honran, brindándoles su crueldad para que ellos no tengan ni que molestarse. Ser amo es cansadísimo, deben de pensar, déjeme a mí ser despiadado en su nombre y usted siga conservando intacta su capacidad de embrujo, su forma de asistir sin moverse a nuestra decadencia. Solo tóquenos la cabeza con la punta de los dedos de vez en cuando, con eso nos bastará para sentirnos bendecidos.

A Rañeta parece que el mareo le da una tregua porque empieza a tener hambre, pensaba que nunca más podría ponerse derecho sin que los sesos le pesasen en la cabeza, sintiendo el zumbido en los oídos de cuando te falla el suelo bajo los pies. Silba una polca porque sí, porque cuando uno no puede moverse toma posesión del espacio haciendo ruido y porque después de semanas encerrado y quieto daría cualquier cosa por bailar otra vez, por levantar los brazos y dar vueltas hasta que las rodillas no le sostengan, quedarse en el aire en cada giro, sentir que su propio movimiento le pertenece otra vez.

Un marinero con brazos que parecen árboles se vuelve y le da un golpe en la boca con el dorso de la mano en un gesto automático, sin malicia pero contundente. El resto de los rapaces se miran y no dicen nada, nadie entiende por qué le ha pegado, así que, por si acaso, mejor estar callados. En un barco no se silba nunca, eso es llamar a la tempestad. El marmitón más pequeño se ríe viendo el labio partido de Rañeta, le explica lo que le parece obvio con la superioridad de a quien ya le han saltado un par de dientes en los últimos años.

Tampoco se puede cortar el pelo en el mar. ¿Tampoco? No. ¿Por qué? Porque el que se corta el pelo espanta el viento y cuando no hay viento el barco no se mueve y eso quiere decir que nos quedamos quietos, encerrados en el mar. Trasdelrío se queda casi traspuesto escuchando las historias de Gonzalo y repite bajito: Encerrados en el mar. ¿Usted se ha quedado encerrado en el mar? Yo sí, muchas veces, y la gente loquea, especialmente cuando hace mucho calor, porque si dura mucho la calma se acaba el agua y ahí las cabezas dejan de conocer. Parece que Gonzalo habla para que lo escuchemos, pero en realidad habla consigo mismo, deja las pausas de respuesta como pequeños silencios sembrados para que nosotros pongamos los pies y lo sigamos de cerca, es un contador de historias, solo que de historias de otro mundo; mucho mejor que el capellán, que solo cuenta la Biblia. Seguro que cualquier día, cuando ya seamos otros y no estos rapaces que son llevados como mercancía, cuando podamos decidir nuestro destino, Trasdelrío contará la historia de que cuando iba de camino a Cuba, el viento nos abandonó y nos quedamos encerrados en el mar. La tragedia de cómo vio loquear a la tripulación, a los más desesperados tirarse a beber agua salada y morir poco después. La gente lo escuchará maravillada, como escuchan ahora la historia de la Compaña.

EL TIEMPO SE HIZO aún más lento desde la tempestad hasta la llegada a Cuba. Una hora en una tormenta en alta mar es como cinco de navegación normal. Hacía calor y el barco se zarandeaba, escuchábamos en las cubiertas de arriba a los marineros achicando agua, y por entre las tablas sentíamos chorros salados que nos caían encima.

El padre Arsenio se puso a gritar en latín como si realmente ya estuviese viendo a Dios, miraba hacia arriba y desencajaba los ojos como un poseído por el maligno, solo volvía en sí para decirnos a gritos que si veíamos al diablo, no nos dejásemos ir. Que no vos lleve, rapaces, que el diablo gusta mucho de llevar con él a la carne tierna. Si viene el demonio hable usted con él, padre Arsenio, que sabrá mejor qué decirle. ¿Por quién me tomas, rapaz? Tienes buena suerte de que no veo quién eres y no puedo ir ahí a arrancarte las orejas.

José el Comido dice muchas veces a los otros rapaces, cuando el padre Arsenio no lo oye, que en realidad el latín no existe, que es un idioma inventado por los curas para que creamos que hablan con Dios. Se ríe por lo bajo y murmura: Pocas orejas puedes tú arrancarme. Luego el barco da otro bandazo que le borra las ganas de reírse del diablo y del latín.

Es decir el capellán que el demonio puede llevarles y a Orestes el hombro le da un calambre que le llega a la base de la espalda. También puede ser que esa sensación de que el brazo se le duerme y se le desprende del cuerpo tenga que ver con que lleva horas con los músculos en tensión, tratando de no golpearse contra todo.

Pero es inútil, nadie busca la lógica en las supersticiones. Por eso, en el primer dolor, Orestes susurra como hizo la *meiga* componedora cuando lo trató siendo él niño: *Tris tras, aparta d'aí, Satanás.*

¿Cómo puede uno agarrarse para no caerse y mantener los hombros en su sitio? ¿Y si todo aquello no era más que el diablo atacándolos y en realidad Cuba no existía? ¿Cómo un lugar puede estar tan lejos? No existe nada tan lejos, nada más que el infierno. Ahí de donde no se vuelve. Entonces le viene a la mente lo que les contó Gonzalo, que allí donde están Cuba y las Antillas, el mar está templado, no como el nuestro. ¿Quién calienta el mar? Un mar de agua templada no puede ser mar. Y si lo que calienta el agua es el fuego, ¿cuánto fuego hace falta para calentar el mar? Solo el infierno podría hacer eso.

Cada golpe del casco contra las olas resuena dentro del cuerpo con tanta fuerza que temen loquear. ¿Quién puede querer ser marino? *Tris tras, aparta d'aí, Satanás. Tris tras, aparta d'aí, Satanás.*

En el mar no hay tormentas, hay tempestades, que son mucho más temibles. La tempestad se clava en la garganta, mientras que la tormenta acecha fuera y solo tienes que esperar a que pase. Claro que hay quien muere durante un temporal en tierra, pero solo porque no tiene dónde cobijarse. Cuando las olas te rodean y la tierra no se avista, tú también eres parte de la tempestad. Un peso muerto dándose golpes contra todo en el vientre oscuro de un navío. Los rapaces se hacen un rebaño amontonados unos sobre otros buscando un punto de agarre. El barco se resiste a hundirse y parece que el mar está cada vez más airado por el desafío, el capellán murmura en latín y su papada subraya temblorosa cada palabra como un pequeño terremoto de carne.

Cada vez que se siente que el barco se eleva sobre otra ola es como estar a punto de caerse del mundo. Orestes se agarra a los muchachos, hacen una red de piernas y brazos enlazados que se adhieren negándose a despedazarse. Llega un punto en que los miembros están dormidos y pierden la conciencia de dónde acaba el cuerpo propio y empieza el de los demás.

Pasan horas.

Llegan gritos de la cubierta que no se descifran del todo, el viento suena como un alarido que viene a buscarlos desde el fondo mismo de la tierra. Se confunden el ruido de las olas, los truenos, el crujido de la madera, los cabos ajustándose, todo es un estruendo y los rapaces no tienen aliento ni para llorar; incluso por un momento han olvidado que estaban mareados y alguno se ha vomitado encima sin enterarse. Los baldes se han vaciado a base de golpes, el olor sería insoportable para cualquiera que pudiese notarlo; por suerte, ellos están demasiado ocupados pensando que van a morir.

Y entonces el temporal amaina. No se sabe cuánto tarda, pero siempre es mucho para quien piensa que va a ahogarse. Alguien habrá que lleve la cuenta del tiempo mientras el temporal arrecia, en los barcos hay una persona para cada cosa. Seguro que en algún lugar estarán escritas las horas, las fechas, los lugares y los detalles de todos los días con sus noches; a nosotros nos da igual si la tempestad duró dos horas o dos días, la sentimos una vida entera. Las nubes se vuelven ligeras como una sábana tendida y los rayos de luz mezclados con un arcoíris, que parece una aparición, se abren camino y atraviesan las grietas de la madera del casco. La marinería baja a dormir. Hemos perdido a un hombre, de repente desapareció de cubierta.

Uno no sale indemne de una tormenta sin pagar un precio. Así de súbito y así de terrible, ahora estás y ahora no. Hay que prepararse, estar siempre listo para saldar el tributo. El barco que nos lleva fue construido con una moneda de plata debajo del palo mayor para pagar a Caronte. ¿Quién es Caronte? El portero del Hades, el lugar donde reposan los muertos. Y ¿por qué hay que pagar? Siempre hay que pagar, nadie da nada gratis, rapaz, el descanso eterno tiene un precio. ¿Y si no tienes con qué pagar? Los que no tienen dinero deben vagar errantes durante cien años hasta que se les dé descanso. Entonces, los de la Compaña son todos pobres. Claro.

Esa línea que se ve al fondo es Cuba, mañana ya llegamos.

Salir por fin a cubierta y sentir la brisa fresca hace que por un rato uno se olvide de que los parásitos le devoran el cuerpo, y ver las nubes abriéndose es lo más parecido a la escena de anunciación de un retablo.

Orestes no acaba de creérselo. Siempre piensa, como le decía Mamamaría, que cualquiera quiere hacer sufrir un poco más a los rapaces, cualquiera encuentra divertido martirizar a los pobres, a los que no saben. No dice nada, pero en el fondo se alegra y quiere que por fin sea Cuba y, al menos, toda esta historia continúe en suelo firme. Va a ser verdad que Cuba existe y no es solo un confín, o el infierno. Se pone la mano sobre las cejas para hacerse sombra y ver, o intentar ver, aún más allá de la isla, más allá de la línea verde oscura que flota en la lejanía.

Al fin y al cabo, entender también es un modo de mirar.

EL SOL ACARICIA LAS fachadas de las casas de todos los colores y entre ellas, las copas de las palmeras se mecen en lo alto como pañuelos verdes que saludan calmados a los que llegan.

No habíamos visto nunca casas de colores, y aquella imagen a lo largo de la costa, a la derecha según se traspasa la bocana del puerto, nos acompañará siempre como una visión en un sueño. La ciudad de La Habana es una línea multicolor de casas bajas verdes, azules, amarillas, rosadas... un arrecife de corales posado en la tierra. Mirándola, Trasdelrío recuerda aquella vez que su madre lo llevó al pazo para ayudar en la limpieza de primavera. Le pusieron dos trapos en los pies y se pasó la tarde pasillo arriba pasillo abajo, patinando y abrillantando la madera del suelo. Su madre y el resto de las muchachas uniformadas sacaban las piezas de porcelana de las vitrinas y las iban limpiando una por una, Trasdelrío las miraba fascinado entre pasada y pasada, como se mira lo que no se entiende. Eso le parecía La Habana, una ciudad de porcelana fina, una ciudad pintada. ¿A quién se le puede ocurrir que una ciudad deba vestirse de colores? Solo a alguien que piense que además de vivirla, esa ciudad hay que sentarse a admirarla.

El padre Arsenio sale a la cubierta bamboleándose y siente la caricia de la brisa como si estuviese viendo al mismísimo san Roque, embelesado y espiritual como una paloma después del diluvio. Llegamos al Nuevo Mundo, rapaces, parece que fue Dios... y claro que fue Dios. Y si no, ¿quién? Si fuera por el demonio ya estaríamos en el fondo del mar con Leviatán y con el pez de Jonás, con los demonios que mueven las olas y con las aves que portan el alma de los muertos. El mar es peligroso; por eso Dios nos ha guiado a tierra.

Esto es Cuba, *filliños,* casa de Dios.

El Villa de Neda atraca frente a la bahía y varios botes de remos medio cubiertos se acercan para llevar a los pasajeros a tierra pero, por lo visto, uno no puede llegar a un puerto como este y simplemente desembarcar, hace falta un permiso para pisar el suelo. Mientras la burocracia deshace sus nudos, la fragata cabecea tranquila, nadie diría que ha sido capaz de atravesar el océano y la tempestad con todos nosotros dentro. Los barcos tienen alma, se conoce su carácter por cómo sobreviven a un temporal, los bandazos de una nave son sus gestos, su modo de comunicar y este plantarse en calma es su manera de decirnos que estemos tranquilos, que aún se siente capaz de sobrevivir más veces. Es sosegada y orgullosa como una yegua adulta.

En la sentina ya se ha corrido la voz entre las ratas de que hemos llegado, y esperan impacientes alguna variación en el menú. Los roedores son avariciosos y jerárquicos, por eso necesitan tener alguna inquietud externa en la que centrarse, o se devorarían entre ellos. El Tísico respira. Nunca lo dirá en alto, pero hubo momentos allí abajo en que pensó que no volvería a llenarse los pulmones, a sentir el aire entrando hasta el fondo de las costillas y la punzada de dolor tenue cuando llega al límite de su capacidad. Piensa que la curación ya puede haber empezado y no se da cuenta de que es solo la emoción. Muy pronto volverá la fatiga, y será insoportable por el calor y la disentería; así sucede a menudo: nos engañamos a nosotros mismos diciéndonos que estamos bien.

¿Toda esta luz viene del mismo sol que nosotros conocemos? El agua de la bahía está quieta y es clara como un cristal, los colores casi hacen daño a la vista; nunca hemos podido mirar las cosas de esta manera. Nunca nos había parecido que el alrededor fuera tan nítido, y está tan bien dibujado que casi se puede ver a través de él: los colores se salen de las cosas para atravesar las pupilas y los ojos no son suficientes para comprender el entorno.

Un par de barcas vuelven a acercarse al navío cargadas hasta el borde con lo que parecen pequeños árboles amarillos similares a racimos de mazorcas de maíz. El cocinero y los marmitones nos mandan poner en fila, arrancan del mazo esos frutos extraños con forma de hoz y reparten uno a cada uno. La tripulación ya ha probado los plátanos antes, la parte que se come va envuelta como un regalo, la carne es pastosa y dulce. Después de las legumbres, de la carne seca y del bizcocho duro, el plátano es un bálsamo en la boca, un emplasto curativo en las encías y en los dientes. Hay quien prueba a comerse la piel, porque cuando hay hambre todo entra y porque el que la tripulación no se la coma no quiere decir, según algunos, que no se pueda comer. Cuando uno tiene hambre de verdad, podría comerse a su padre por los pies. El tacto del plátano es pegajoso y persiste como un recuerdo entre los dientes. La memoria puede estar en cualquier parte y hay recuerdos que se quedan en la punta de la lengua, en los huecos de los dientes rotos o disueltos en la saliva.

¿De qué se alimenta esta tierra para producir así? Esto son plátanos, rapaces, fruta de aquí, mejor que las peras, las manzanas o los *pexegos*, mejor que todo lo que hayáis probado en vuestra vida.

El capellán no ha permitido que el Espíritu Santo se quede sin fruta, da igual que ya estemos en el puerto y que todo haya ido bien. El mal acecha, *filliños*, no hay que dejar de lado a Dios. De repente la brisa, la luz y la satisfacción en la boca los inducen a pensar que en unas horas, cuando llegue el momento del desembarco y pisen, por fin, el muelle como se pisaría suelo sagrado, la vida se pondrá de nuevo en marcha como si fuese una historia nueva.

El permiso para desembarcar tarda en llegar veinticuatro horas. ¿Sabíamos ya entonces que el día tenía veinticuatro horas? No creo, o si lo sabíamos, no lo habíamos pensado despacio. Un día seguía a otro, el sol salía y se ponía, pero nunca marcamos el tiempo con el tictac de un reloj. En el mar, una campana marcaba el paso de las horas. Sí, pero ese tiempo no es el tiempo de los hombres, el tiempo en el mar es el tiempo que tienes para estar despierto, para estar atento, no es lo mismo que el tiempo en tierra. El tiempo en tierra es el tiempo de trabajar y el tiempo de dormir, sobre todo para los pobres, esos no descansan porque tienen que afanarse todo el día. Ni siquiera los marineros irían al mar si no fuese porque buscan otra orilla, otro sitio donde vivir lo mismo de otra manera, un lugar opuesto al propio porque la tierra los expulsa o porque les quema los pies.

La campana era en nuestra tierra la voz del tiempo y aún seguirá siéndolo, nos mirará desde arriba, no tanto como a la distancia de Dios, pero sí a una altura mayor que la nuestra. Pocos tienen el privilegio de ascender sobre el suelo.

Fueron veinticuatro horas de espera, arribamos a las once y media y desembarcamos a las once del día siguiente; aunque parezca tiempo suficiente para lavarse y bajar a tierra listo para los fastos de bienvenida, no lo es tanto. Trescientos quince jóvenes que queríamos salir del arca que nos portaba, hogar y tumba durante demasiado tiempo, porque para navegar siendo mercancía tienes que dejarte morir un poco. Al llegar, cuando ves la tierra al otro lado, debería ser pecado contenerse, imposible no querer correr, no saltar al agua y desahogar el cuerpo entumecido. No sabíamos nadar pero, ay, si hubiésemos sabido...

A las once de la mañana llega el permiso de desembarque. La quietud del suelo se siente extraña y hay un pequeño mareo de tierra. El sol a estas horas ya está en lo alto cegando los ojos de los que no están acostumbrados a este derroche.

Bajan los rapaces, baja el capellán, baja el capitán, que saluda a los hombres de autoridad... Un hombre de la compañía, nuevo y limpísimo, saca una lista y va apuntando a los rapaces, colocándolos en cuadrillas de veinticinco con un capataz que suele ser un poco mayor que los demás.

En la cuadrilla ocho están Orestes, Rañeta y su vecino el que le cuidaba los vómitos, Trasdelrío, Tísico y otros veinte con el mismo uniforme y mismos ojos cegados por el sol y la novedad. El capataz es Tomás el de Coruña, que tiene por lo menos veinte años; todos los capataces tienen por lo menos veinte años, ningún obrero pasa de los dieciocho. La mujer de Tomás es cigarrera desde los trece años y un día atacó a un revisor de la fábrica con un cuchillo que llevaba debajo de la saya. Las mujeres de la fábrica de tabacos son bravas como animales acorralados, todo el mundo lo sabe. Mujeres salvajes, muchas sin marido, que son capaces de hacer temblar a los jefes.

En la cuadrilla nueve el capataz es el Comido, que solo piensa que ojalá pudiese restregárselo a su hermano en la cara intacta: se puede ser capataz aunque te falte un trozo de mejilla y una oreja. Van con él dos rapaces de Vigo que son hermanos, dos de Milladoiro (a uno de ellos le falta un dedo de la mano derecha pero, por suerte, no sabe escribir, así que no lo siente como una tragedia) y varios de una aldea cerca de Porriño. Al resto no los conoce pero le da igual. Solo piensa en que es capataz, seguramente gracias a que su hermano no está; si no, lo habrían elegido a él por ser la versión completa.

La madre no sabe el mecanismo de dudas que puso en marcha en su hijo solo por el gesto de coger al otro en brazos y salvarle la carne de la boca del cerdo, nadie sabe adónde llegarán los gestos más pequeños. A ser devorado, al rencor eterno.

José el Comido se afeita la barba desigual como un mapa. La cicatriz le recorre la cara desde la barbilla a la sien como una señal de peligro o una frontera; su otro perfil es la cara de un hombre normal. El comido se afeita con el cuidado con que se pasa una cuchilla por una carne que ya fue abierta una vez, delicadamente y con un poco de nostalgia perversa.

Trescientos quince rapaces lavándose para estar listos porque en unas horas el capitán general de la isla va a recibirlos, gentes respetables que son del Gobierno van a pararse a verlos pasar con la espalda muy recta, como se coloca siempre la autoridad. Hasta dicen que van a traer a unos *gaiteiros*, porque todo el mundo parece celebrar su llegada. Eso sí que es una novedad.

En cubierta han colocado cuatro barreños enormes que se van llenando con baldes de agua, los rapaces guardan cola alineados para asearse y ponerse presentables. La ciudad de La Habana no solo los espera, sino que va a recibirlos. ¿Cómo es que te reciba una ciudad? ¿Como una romería? No sé. Orestes se frota la cara, el agua está tan templada que no parece que venga del mar. Sacude la cabeza y los rizos se le pegan a la frente, sus ojos reflejan la luz y son más azules que nunca. No creo que sea como una romería, en todo caso será como una misa, nos hablarán, luego diremos amén y a trabajar. Pocos tienen barba, así que casi no tienen qué afeitar, pero algunos se cortan las guedejas; mientras estén atracados no da mala suerte, ahora no necesitan el viento para nada.

El Comido no se acuerda de cuando le mordió el cerdo, pero se acuerda de su hermano Jacobo burlándose de él porque decía acordarse. A él querría verlo aquí, lidiando con rapaces, cruzando el mar, trabajando y haciéndose un indiano rico, ahí sí que no podría competir, porque cuando uno es rico da igual cómo sea, hacerse rico gana a todo.

Tener una casa con despensa llena gana a todo lo que se puede imaginar, a la madre que lo dejó en el suelo, al hermano que tiene su cara entera, al niño muerto y a la mujer sola. Si volviese como indiano rico, ¿seguiría con Carmen? A lo mejor ella ya se fue a trabajar a otro sitio, a Coruña o a Vigo, o vendió la tierra y fue al pazo a servir, o murió, muere tanta gente... Queda mucho para eso, hay que empezar por lavarse la cara y salir con los veinticinco rapaces detrás, ponerlos a trabajar, cobrar el jornal y dejar que se acumulen los pesos. Cinco pesos fuertes es el salario, ¿para cuánto dan cinco pesos fuertes en Cuba? Nadie lo sabe, pero cinco es mejor que nada, por eso está bien. Cuando tienes nada o incluso menos porque te comió la cara un cerdo y perdiste a un hijo, cinco pesos al otro lado del mundo es una fortuna por construir, cinco pesos lo son todo.

En el puerto de Coruña, Jacobo el Gemelo tose para el doctor cuando este le coloca en las costillas una trompetilla de latón. El hermano odiado, la copia impecable y ampliada, el que la madre salvó del cerdo caníbal recibe el hatillo con el nuevo uniforme y se embarca camino de Cuba.

Uno de los marmitones sale de la cocina y Orestes le pregunta: ¿Viste a Gonzalo, el marinero que dormía aquí? ¿Qué Gonzalo? Gonzalo, el marinero que dormía ahí, y señala la esquina donde el coy estuvo colgado. Ahí nunca hay nadie. Boh, no le hagas caso, Orestes, que nos quiere meter miedo. Miedo metéis vosotros hablando con aparecidos.

¿Oíste? ¿No estará de broma? Porque tú lo viste como yo, ¿verdad, Orestes? Sí. Y estaba también Trasdelrío, que es testigo. Sí. Y ¿crees que lo soñamos o que era el demonio? No lo sé, creo que no lo sé, porque él nos contó historias, no parecía que fuese nada de malo. ¿Sería un alma de esas errantes que van en los barcos? Al Tísico se le escucha la voz con un pitidito asmático que da un toque más dramático a todo lo que dice, como si en algún lugar en el fondo de sus costillas hubiese una bisagra mal engrasada. ¿Llevaremos ahora la negra sombra del muerto allí donde vayamos? No lo sé, pero por si acaso no se lo digas a nadie, ni a Trasdelrío; solo falta que piensen que estamos asombrados porque en el barco había un fantasma. O peor: un alma en pena.

VEINTICINCO RAPACES Y UN capataz, una cuadrilla. Y así, trescientos. El capellán nos mira deleitado como si fuéramos sus sobrinos; el Espíritu Santo probablemente ya habrá subido al cielo porque una vez que el barco llega a puerto ya no se le necesita de guardia permanente y puede volver al seno de Dios.

Un uniforme por persona: tres camisas, unos pantalones y zapatos, un sombrero de paja. Un carro llega y se coloca al lado del muelle con un montón de azadas nuevas, sachos y machetes relucientes. Las cuadrillas se alinean como hormigas especializadas dispuestas a arremeter contra los elementos; parecemos invencibles, todos vestidos como para formar en una plaza, unos rapaces bellos que podrían defender un pueblo o sacar el dulzor de la tierra. Trabajar el *azucre* o el azúcar, da igual como se diga. Las palabras pueden cambiar, pero las cosas son siempre las mismas.

Los rapaces marchan. El ruido del mar de fondo, el canto de los pájaros raros y las voces en tierra se rompen cuando suenan una gaita y un tambor. A Rañeta el cuerpo le pide seguir la música como si fuera un *meigallo,* levantar los brazos y volver a sentir que sus movimientos le pertenecen, o al menos soltar un *aturuxo* que retumbe en los oídos de los presentes, un grito tribal que le saque de la garganta la angustia de las semanas de travesía no sintiendo nada más que arcadas.

El sol se derrama por la plaza y los rapaces que nunca han visto cosa igual, mira que Santiago es grande, pero esto... Se pasman mirando a un lado y a otro. En fila, vestidos de blanco, con aperos nuevos de labranza, sachos, hoces y machetes, parecen baldosas blancas humanas. Carnes que fueron tiernas se colocan bajo el sol formando columnas perfectas que reflejan la luz, la piel rosada empieza a ponerse roja encendida. Parece una burla de Dios nacer pobre y tener la piel delicada. Los ojos claros tampoco aguantan bien esta luz, nadie imaginó que este lugar sería una ventana abierta al cielo, un lugar donde los colores hieren la vista.

En Galicia el alrededor está siempre pasado por una veladura, a veces leve como un rocío, otras tupida como una manta que no deja traspasar la luz ni casi el aire. Ni siquiera los médicos lo saben, pero en nuestro pulmón izquierdo tenemos todos un clavo que lo atraviesa de lado a lado como un grillete para recordarnos que no debemos confiarnos, que para los nuestros, hasta respirar será un trabajo. Por eso, si vienen mal dadas, el Tísico nos sobrevivirá a todos: está tan acostumbrado a tirar del aire para sobrevivir, tose de lado con tanta soltura como si fuese un gesto propio, que en cuanto el sol le quite la palidez será el más robusto de nosotros. A no ser que sus pulmones decidan cerrarse del todo o que no consiga tener la fuerza necesaria para trabajar; pero para eso está el período de aclimatación, que son tres meses respirando y comiendo, que eso no lo ha tenido nadie nunca. Qué suerte.

Los rapaces, todos vestidos de blanco con zapatos nuevos y sombreros de paja, todos iguales, con sachos y azadas nuevas, respiran todo lo hondo que pueden el aire nuevo y forman en la plaza delante del capitán general y las autoridades. Parecen una tropa experimentada. Miran a su alrededor como si los ojos no les llegasen para verlo todo, porque de verdad no les llegan. Este lugar tiene que ser bueno, todo lo bueno tiene que suceder con esta luz, un lugar con esta luz no puede traer cosas malas, la maldad se oculta, no podría sobrevivir aquí; como decía el padre Arsenio esto es casa de Dios, este lugar es donde se tuvo que hacer el paraíso. Nosotros venimos de un lugar muy lejos de aquí, ahora entiendo por qué no nos da la luz, está toda aquí. Era verdad aquello de que es nuestra tierra la que está lejos, Cuba está al lado mismo del Sol.

Las mujeres enseñan los hombros y llevan lazos, los caleseros son mulatos que visten con levitas de colores y camisas de volantes, los carruajes son abiertos. A través de los arcos de las casas bajas se ven hamacas donde señores bien vestidos fuman tumbados mirando la calle.

¿Qué comerá esta gente?

Así QUE ESTOS SON los muchachos de la compañía de Feijóo Sotomayor. Estos son, señor. Muy bien, muy bien, bien formados
y vestidos, limpios y serios, me agrada verlos tan dispuestos. No
imaginaba que en Galicia hubiese jóvenes tan bien parecidos, las
noticias acerca del hambre y la epidemia de cólera me hicieron du-
dar de que estuviesen fuertes como para desempeñar sus labores
aquí. Va a haber que darle la razón al que decía que uno de estos
podría hacer el trabajo de tres negros.

El capitán general camina entre las cuadrillas, da la mano a algunos y los rapaces lo miran pasar como se mira a un amo que sabe
lo que hace y camina reconociendo lo que le pertenece. Es el que
manda en toda la isla, el jefe de todo, es como el rey aquí. Y nos viene a recibir él a nosotros. ¿Tan importantes somos? Pues seremos.

La plaza de Armas es inmensa y cuadrada, tres palacios se
asientan en cada uno de los lados: el del gobernador, el del inten-
dente y el del almirante. Seguramente cada uno haga cosas distintas, pero los palacios son palacios, lugares donde los hijos de
nuestros padres solo entrarían para servir. Y con esto, queda todo
dicho. Las lagartijas suben por los troncos de las palmeras que se
mecen suavemente y miran hacia abajo a los rapaces igual que se
miraría a un ejército de hormigas que sale de maniobras.

Les deseo todo lo mejor en esta tierra, buen trabajo y buenas
ganancias, son ustedes un trozo de España en esta colonia, son
mano de obra y población humana para traer aquí la prosperidad.
Cumplan su deber de colonos con orgullo, traigan fortuna para
quienes los contraten y para ustedes mismos.

El capitán general saluda al padre Arsenio, todo el mundo saluda a los capellanes, y luego continúa entre las cuadrillas saludando a los rapaces. Buenos días, muchachos. Da la mano a algunos, todos permanecen en su sitio porque que te salude un capitán general es como que te salude un rey y nadie vio nunca a un rey de cerca, así que hay que quedarse quieto y expectante. Como si viniera Dios a hablarte.

¿Cómo está usted? Bien, gracias, señor. ¿Han tenido buen viaje hasta acá? Sí, señor. ¿Vienen preparados para trabajar y dejar en alto el nombre de los españoles? Sí, señor. Muy bien. Y usted, ¿cómo se llama? Amador Souto, señor. Muy bien, Amador Souto, da usted la mano como un hombre, aunque parece muy joven, ¿cuántos años tiene usted? Dieciséis, señor. Con dieciséis años bien puede usted estar listo para trabajar y dar honra a los suyos y a los nuestros. Sí, señor, si Dios quiere. ¿Y usted? ¿Cómo se llama? Tomás Mouriño. Es usted capataz, por lo que veo. Sí, señor. Y ¿de dónde es usted? De Coruña, señor. Ah, La Coruña.

El capitán general lleva el uniforme impecable, una banda que le cruza el pecho, condecoraciones que deslumbran, el cuello alto de la levita bordado, galones y un bigote enroscado en las comisuras de los labios con una mosca en la barbilla. ¿El sol es siempre así? Parece que esta luz va a entrar en el cuerpo y atravesarte. Aquí nada puede quedar oculto.

Es un placer para mí recibirles en esta su nueva tierra, adonde han sido traídos para trabajar el campo y para acumular riqueza para ustedes, para la empresa y para honra de nuestra madre patria. Cuba es un lugar maravilloso que trabajaremos para gloria de nuestras tropas y nuestra población, es nuestro tesoro más preciado. Ustedes vienen acá para ser parte de esta misión de España que se llama Cuba; no lo olviden, ustedes no solo trabajan para ustedes, trabajan para todos nosotros y para los que están al otro lado del océano esperando su vuelta. Esta capitanía les desea un trabajo próspero y un futuro venturoso en esta parte del Nuevo Mundo.

Como les pasaba con el capellán, hay palabras que los rapaces no entienden bien, pero no van a preguntar nada. Entenderlo todo no siempre es una ventaja. Eso sí, escuchar la gaita les hizo saltar el corazón y de repente Rañeta estaba en el atrio de la iglesia bailando *muiñeira*, sacando puntos, giros y *reviravoltas*, porque Rañeta baila como nadie, parece que se queda en el aire y levanta los brazos en las *muiñeiras* y las polcas con la gracia del que los pies le van solos. Todas las rapazas querían que Rañeta bailase a su alrededor, dando saltos y picando el aire, levantando los brazos como quien se avienta para volar.

Es una fiesta llegar, porque llegar quiere decir que nuestro Señor nos ha acompañado, *filliños*, Dios nos ha protegido, nos ha dejado pasar en medio de las tormentas como ayudó a su pueblo a salir de Egipto, somos el pueblo de Dios llegando a la tierra prometida. Mirad bien esta bendita tierra y trabajadla bien, hijiños, que trabajáis para Dios y para el Espíritu Santo, no hagáis que este viaje sea en balde, no hagáis que Dios os haya traído hasta aquí para nada, vosotros tenéis una función que cumplir. Trabajar y combatir al diablo, como buenos cristianos. Vuestro trabajo es ser buenos cristianos, trabajar bien para el amo y ser honrados, que Dios os va a estar mirando y va a estar teniendo cuenta de vosotros, que si ya os trajo hasta aquí, no os va a dejar ahora de mano. Ahora lo más importante es que cumpláis con vuestra obligación; si no, más valiese que os dejaseis morir en el mar.

El capellán los mira por última vez, hace una señal de la cruz y se marcha, que ya son las doce y media y el primer almuerzo en tierra firme le espera. El padre Arsenio se queja de que quizá haya adelgazado un poco, puede que algo le sentase mal, o quizá el Espíritu Santo le ha comido parte de su ración. En cuestión de comida, no puede uno fiarse de nadie.

¿CÓMO ES LA HABANA? La Habana parece un paraíso y un lugar atemorizante, la gente no parece de este mundo. A cada momento se cruzan en el camino carricoches tirados por caballos adornados, abiertos y con dos ruedas enormes que transportan señoras que van destapadas y no conocen la vergüenza. Y esos caballos que parece que van de fiesta... ¿quién se molesta en adornar un animal cada día solo para que tire de un carruaje?

No se les puede pedir más a los rapaces, aún no han tenido tiempo de entender que las posesiones están ahí para decir más de quien las posee que de sí mismas.

Las calles son estrechas y están llenas de tiendas, tiendas que son abarrotes. Trasdelrío vuelve a recordar el pazo y sus vitrinas llenas de porcelana, las alfombras gruesas y los muebles pulidos. No sabe bien si fijarse en los hombros desnudos de las mujeres que se cruzan o en los anaqueles de las tiendas. Si ganase suficiente dinero, volvería y compraría el pazo con todo lo que tiene dentro; o mejor, se haría uno aún más grande, justo al lado. Dicen que hay gente que se vuelve loca cuando viene a estas tierras a buscar fortuna, que la avaricia y el miedo a perder les hace mezquinos y solo disfrutan de acumular, sin permitirse ni una licencia. Ese es el castigo del pobre, nunca pierde el miedo a quedarse sin nada.

Las mulatas pregonan, con acento entrecortado y líquido, vendiendo por la calle mientras fuman y mastican cigarros enormes. Nunca tal vimos. Todo el mundo mira la muchedumbre de jóvenes vestidos de blanco impecable y se pregunta de quién serán. Uno nunca sabe lo que es bueno.

LA LOCOMOTORA ES UNA bestia dormida que resopla, grande como seis bueyes, brillante y cubierta de humo como una olla puesta al fuego. La impresión de La Habana aún no se ha desprendido de los rostros y ya están frente a un monstruo de hierro que jadea como un toro manso. Al hombre de la compañía, que de este lado viste de blanco impecable y tiene aspecto de alimentarse regularmente, lo acompañan dos mulatos jóvenes que no hablan, pero caminan justo detrás de él. Por edad podrían ser los rapaces; sin embargo, se miran como no sabiendo bien si son de la misma especie. Los guían como un rebaño manso. Vamos, muchachos, no se me queden atrás, que el ferrocarril les espera, aún tienen por delante un camino de varias leguas hasta que lleguen a sus destinos.

Desde La Habana hasta los ingenios, el camino de hierro ahorra tiempo, carros y animales de carga. Nunca más llegamos, no era suficiente cruzar el océano, aún no llegamos. Nos han dado la bienvenida, pero aún no es aquí; aún hay que entrar más en la tierra, más lejos aún. ¿Seguirá existiendo el mundo que dejamos atrás? Nunca más llegamos.

Los rapaces nunca montaron en ferrocarril, Cuba es todo el tiempo el lugar de las primeras veces. En el vagón de tercera hay fijado a las paredes un banco corrido en el que sentarse y otro en el medio del vagón, de lado a lado. Los rapaces se amontonan en una masa de brazos y piernas. Los que se sientan en el medio intentan apoyarse las espaldas unos en otros. Como son muchachos, aún el cuerpo no les duele bien, aún no tienen los huesos partidos por el trabajo. Sienten malestar por el calor, pero el entusiasmo del recibimiento y la ropa limpia pueden con todo.

Lo que hace para un pobre un juego de ropa limpia.

La locomotora despierta y resopla como un dragón, el fuego del estómago le sale por las branquias metálicas como una advertencia, las ruedas empiezan a moverse y el silbato rompe los chasquidos del arranque para anunciar que dejamos atrás La Habana. El ferrocarril no espera por nadie. Las ventanas con barrotes dejan ver una vegetación espesa como no habían visto, ramas de árboles desconocidos, a saber qué tipo de animales encuentran refugio en ellos. El ruido del tren acompaña el ritmo de avance como si engullese las leguas, cada golpe es un paso más lejos y una afirmación que estremece a todos los animales de esta tierra que se esconden en sus madrigueras, que temen al tren como se teme a un animal mitológico que vaga por las praderas devorando criaturas perdidas.

Los cuerpos pegajosos de los rapaces se apelotonan unos sobre otros como una masa única e indistinguible.

¿Cuántos días hace que viajamos? ¿Cuántos años han pasado desde que bajamos al *cruceiro*? Desde que el Jesús de piedra nos escuchaba hablar entusiasmados de ir al otro mundo, desde que el hermano del Rañeta se quedó llorando en el suelo viéndonos marchar. Hace más de una vida de todo aquello. Da igual que el calendario lo mida en días, hay vidas enteras que contienen menos de lo que hemos hecho en estos días, hace más de una vida que salimos de casa, aún éramos otros.

La locomotora ruge como si un dolor la atravesase y se para. Voces desconocidas gritan por encima del resoplido de la bestia: cuadrilla uno, o seis, o cuatro. Golpean las paredes de madera de los vagones. Cuadrilla cuatro, o uno, o seis... ¡Abajo! Los rapaces con sus capataces van bajando rápido, ansiosos por pisar la tierra definitiva, y se pierden de vista. No hay despedidas apenas, como si cada parada fuese un recordatorio de que no están tan juntos en esto como pensaban.

Por primera vez se dispersan y es extraño, el exterior del ferrocarril se vuelve un entorno amenazador. Será el calor, que empieza a parecer una cárcel, una mano ardiente; o la vegetación desconocida, que a saber qué secretos esconde. Los rapaces bajan ligeros, impacientes por salir de la caja de madera que los lleva y mirar alrededor. Normalmente encuentran un carro o dos que los esperan, tirados por bueyes o por mulas, un mayoral y uno o dos capataces a caballo.

Los BUEYES AQUÍ SON fuerza motriz, bestia de carga y alimento. Los rapaces aún no lo saben, pero están conociendo a sus compañeros de trabajo. Los animales sí son conscientes de su propia importancia. Estar tanto tiempo observando y caminar despacio te hace reflexivo por fuerza, raro es que una de estas bestias tome una decisión precipitada. Nadie se ha parado a preguntar a las vacas y a los bueyes qué opinan sobre las cosas; nos quedaríamos sorprendidos de los juicios a los que puede llegar esta especie, dándole el tiempo y el espacio suficientes. Hay quien comete el error de reducirlos a seres dóciles solo por su semblante, es habitual que las personas confundan la templanza con la estupidez.

En las familias de bueyes cubanos aún está viva la memoria de aquellos mártires a los que en una rebelión los esclavos les cortaron los tendones de las patas traseras con un machete y hubo luego que sacrificarlos de un tiro entre los ojos. Los desgraciados atacaron a los bueyes porque con el capataz no se atrevían; solo consiguieron retrasar la entrega de la mercancía, pero cuando ya no tienes nada, un pequeño mal basta. Cualquier cosa con tal de seguir sintiéndose vivo.

Si existiesen las bestias mecánicas, el ferrocarril sería una de ellas, una serpiente gigante de esas que aquí llaman «majás». Dicen que a este lado del mundo hay culebras largas como tres bueyes puestos uno detrás de otro, que son capaces de comer a una persona entera. No sé si deberíamos creerlo, tal vez digan todo eso solo para asustarnos, para que tengamos miedo de salir a lo desconocido. ¿Cómo se entiende un mundo en que las culebras comen enteras a las personas? ¿Qué animales te *enmeigarán* aquí?

Como un mito moribundo, la locomotora vuelve a parar, el portón del vagón se abre de un golpe, se asoma un negro grande como un nefilim y dice, resbalándosele las palabras de la boca: *Cuadrillah* ocho y nueve. Los rapaces se miran como confirmándose entre ellos, el gigante se impacienta y repite: Ocho y nueve, ¿son ustedes? El Comido se levanta. Sí, señor. Abajo, responde dando un golpe en la puerta otra vez, como para despertarlos. El Comido hace un gesto a los rapaces, que se levantan y saltan afuera por el portón abierto, las suelas casi sin estrenar de los zapatos chocando contra la plataforma de madera con un estruendo de caballos jóvenes. El ferrocarril resopla y en el suelo, quieto por fin, el calor les cae encima como una manta húmeda. Llevan la ropa pegada, están colorados y se calan los sombreros porque la luz del sol les hiere los ojos.

El negro alto se llama Jeremías y era un esclavo hasta casi antes de ayer, pero eso ellos aún no lo saben. Sus ojos bajo el ala del sombrero los examinan de arriba abajo, midiéndoles las fuerzas a golpe de vista.

PARA LLEGAR AL INGENIO hay que atravesar un poblado de esclavos libres. Las casas son como pallozas pequeñas, los techos redondos y en pico están cubiertos con ramas de palma secas. Estos negros no se parecen a los de La Habana: aquellos iban casi todos bien vestidos y los que trabajaban eran mucho más vivaces; aquí parecen esperar algo terrible. Los rapaces no saben aún que los amos de la ciudad amenazan a los esclavos con mandarlos al campo y que en cuestión de esclavos también hay clases. En todo hay clases.

Al pasar por al lado, ven que en algunas casas hay un fuego encendido en el centro, y un hombre o una mujer cuidándolo en cuclillas. Los negros los miran pasar sin hacer gestos, como si ya no quisieran ver nada más; los rapaces lo miran todo con los ojos de quien nunca vio nada igual. Porque nadie vio nunca negros, ni mulatos. Se oyen gallinas y cerdos que deben de estar escondidos en las partes de atrás de las casas, los esclavos libres viven como vivían sus padres y ellos antes de estar de este lado del mundo. ¿De dónde vinieron los negros? De África. Y ¿dónde es África? Lejos, tienen que traerlos en barcos grandes, colocados como se colocan los sacos en un almacén, uno encima de otro. Luego los venden y trabajan toda la vida. ¿Como los bueyes? Sí, y como los caballos, pero ahora son más caros.

Los HIJOS DE LOS esclavos corren desnudos como animalitos salvajes; no tienen faldas de madres bajo las que resguardarse. Los más grandes llevan a los pequeños; las niñas los apoyan en las caderas y los niños los cargan a la espalda. Algunos viven en el pueblo de fuera del ingenio, ese que tiene cabañas de dos aguas y techo puntiagudo. Los niños, como golondrinas, como perritos sueltos, van y vienen desnudos, se quedan a cierta distancia y no se atreven a acercarse del todo. Cualquiera diría que tienen miedo.

¿Tú nunca viste un negro? No, son bonitos. Yo si volviese a casa me llevaría uno conmigo, uno pequeño de esos que corren como centellas. Pero tendría que ir vestido, no podría andar desnudo por la aldea. Claro, enfermaría y, además, pensarían que está loco; yo le compraría ropa y zapatos, le enseñaría a bailar polcas y *muiñeiras* y a cantar.

CUANDO NUESTRO SEÑOR JESUCRISTO entró en Jerusalén montado en un burro, lo recibieron con ramas de palmera. Luego murió. No exactamente luego, fue unos días después, pero bueno, las palmeras son bonitas. Las palmeras son los árboles más majestuosos que hayan visto los rapaces, altas y bailarinas, meciéndose con el viento. Lo de que recibieron a Jesucristo con palmeras en las manos lo dice la Biblia, pero lo contó el padre Arsenio, que no todo el mundo puede leer, y menos la Biblia. La entrada al ingenio es una avenida inmensa con palmeras a los lados. Parece la entrada de un palacio o del cielo.

EL MAYORAL APARECE MONTADO a caballo, la imagen es talmente un cuadro de los que adornan esos salones donde señoras envueltas en encajes toman té en tazas decoradas a mano. ¿Todo bien, Jeremías? Todo bien, señor, los llevo ahora al batey. Uno empieza a escuchar palabras que no entiende y se alarma, el que no sabe es como el que no ve. De un golpe de rienda, el mayoral coloca el caballo a la altura de Jeremías y quedan los dos delante guiando al grupo. Los siguen las dos cuadrillas de rapaces vestidos con sus uniformes ya arrugados, ya manchados por el viaje, ya sudados por las horas y el calor terrible. Los estómagos vacíos desde la mañana. Ninguno dice nada porque nadie vino aquí a quejarse.

Se cruzan con los carros de bueyes que traen la caña recién cortada del campo al molino, que otra pareja de bueyes hace girar. Aquí no lo llaman molino, claro, porque las palabras cambian de una orilla a otra del océano, da igual que las cosas sean siempre las mismas. Parece como si alguien se divirtiese confundiéndonos las palabras. Un molino aquí es un trapiche, pero eso solo es importante para los que no saben lo que es un molino. ¿Qué razón hay para llamar a las cosas por los nombres de otras? ¿Dejaremos de decir *azucre* y diremos azúcar solo porque así es como lo llama quien nos paga?

Siete u ocho mulatas descargan los carros y meten la caña para machacarla, porque es la estación seca y aquí se trabaja dieciséis horas diarias. El caballo del mayoral resopla con desprecio al paso de los bueyes, a las dos yuntas que dan vueltas moviendo el trapiche ni las mira. Los caballos son demasiado orgullosos para darse cuenta de que ellos también se ganan la vida cargando el peso de otros. Tienen la ilusión de que pueden ir adonde quieran, solo porque van donde va el amo. Hace tiempo que confundieron las riendas con su propia voluntad.

Prepárense para trabajar, porque aquí en la seca se trabaja sin descanso. La caña no espera por nadie, si no la recogemos se pudre. Podrán descansar unos días para recuperar fuerzas después del viaje, pero aquí todos los brazos son pocos; y piensen que mientras no trabajen, no cobran.

El mayoral habla desde lo alto del caballo como un general. Las botas le brillan, seguramente porque hay un encargado de escupir en ellas y sacarles brillo cada día, centímetro a centímetro, gotas de saliva y un cepillo.

¿Qué es la seca, señor? La seca es la época sin tormentas que durará hasta el mes de mayo, hay que cortar la caña rápido y dejarla lista para que la lluvia la haga crecer otra vez; también tendrán que sembrar caña nueva antes de que lleguen las lluvias, pero todo eso se lo explicará Jeremías. Durante la seca aquí no descansa nadie, se duermen cuatro horas y se va al campo. La caña no espera, y para eso han venido aquí ustedes.

Como a este lado todo cambia, las palabras para llamar a las mismas cosas son otras, y hay que aprenderlas porque ¿qué haremos si no sabemos llamar a las cosas?

El que no sabe es como el que no ve. Nadie sabe cómo se hace el azúcar, pero ya nos dirán cómo, ya aprenderemos, no será tan difícil. Todo es cuestión de hacer lo que es mandado y las cosas salen solas.

En el centro del ingenio está el batey, que solo es una plaza cuadrada donde se hace la vida, donde está todo, el cruce de caminos para ir a cualquier parte. En el mismo centro del batey hay una torre alta con una campana. Ahí está el tiempo encerrado, el sol marca la vida, pero la campana da las órdenes; da igual lo que diga el sol si la campana suena.

A un lado, el trapiche; al otro, la casa; al fondo, el campo de azúcar inmenso, enorme. ¿Cuánto será esto en ferrados? En la esquina opuesta, los barracones.

José el Comido es el capataz de la cuadrilla ocho; el de la cuadrilla nueve es Tomás, el de Coruña. Tomás tiene un aspecto inofensivo, pero le pegó a uno durante la travesía en el barco porque al parecer conocía a su mujer. O eso dijo. Le tiró tres dientes de un puñetazo y la cuestión se dio por zanjada, nadie se metió en el tema. El sin dientes lo pasó bastante mal, porque un lado de la cara se le hinchó y no conseguía alimentarse bien. El bizcocho que nos daban todos los días era demasiado duro para él, aunque lo mojase en vino.

Aquí todos venimos con historias, no podemos contarlas todas porque ni todos somos capaces de hablar, *aínda ben* que hay
algunos que las cuentan. Además, pasa una cosa curiosa: de repente, cuando estás en un lugar remoto y diferente, tu propia historia
parece algo lejanísimo, algo que le sucedió a otro. La duda es si en
este extremo de la tierra, y después de todo este viaje, seguimos
siendo nosotros aquellos rapaces que se saludaban casi dándose
golpes porque la energía se nos salía del cuerpo.

Orestes, por ejemplo, que allá era el hijo de su madre y la vio
morir de una patada de caballo pocos días antes de partir, ahora es
uno de una cuadrilla que llega a un barracón con otros cuarenta y
nueve. Solo habla con tres o cuatro y lo único que conserva de antes de partir es el temor a que el Rañeta aún quiera partirle la nariz.
Es raro, pero así somos. Hace días que Orestes no piensa en Pedro;
sin embargo, mete la mano en el bolsillo donde lleva la tierra de la
puerta de su casa y siente que se agarra a un hilo invisible, aunque
eso no es cierto, todo está aún mucho más lejos de lo que imagina.
El mundo es pequeño pero grande a la vez, la distancia recorrida
no es una línea recta y larga. A veces, muchas veces, es un abismo
del que no se vuelve ni aunque uno regrese al punto de partida.

EL BARRACÓN ES UN edificio grande y bajo en forma de rectángulo con un patio central, alrededor del cual están las puertas de las habitaciones, que están separadas por tabiques de madera y no tienen ventanas, solo un tragaluz pequeño. La puerta principal se cierra por las noches, porque así es más fácil controlar a los que allí duermen. El capataz, Jeremías, es el guardián de la llave y tiene su cuarto justo al lado de la puerta, pero dentro del barracón. Él tampoco es libre aunque sea el guardián de la llave.

Al lado de la puerta también está el cuarto del cepo, donde a los esclavos se les aplicaban los castigos; y en el patio central, el tumbadero, donde se les acostaba boca abajo en la tierra para recibir azotes cuando se portaban mal. También hay una enfermería, Dios quiera que no tengamos que usarla nunca, y la cocina, donde una vez al día vienen a colgar un caldero y a repartir la ración para cada uno. Un lavadero y las letrinas. Todo rodeado por un muro, todo bajo llave, custodiado por el gigante Jeremías.

¿Lo que fue una cárcel podría ser una casa?

Nadie ha cambiado nada desde que aquí vivían los esclavos, hasta las nubes de pulgas que antes vivían en los pliegues de su piel vendrán ahora a picarnos a nosotros.

ORESTES NO RECUERDA DESDE cuándo está tirado en el catre que siente empapado en su propio sudor. Tirita y se deshace por las entrañas. Los insectos lo comen vivo y lleva no se sabe cuánto tiempo en el estado de ensoñación de la fiebre. Este cuerpo que apenas es suyo se derrama en un camastro en un lugar extraño.

José el Comido pide confesión en medio de los delirios de la fiebre y el Tísico, que ayudó en misa y tiene experiencia recibiendo la extremaunción, se sienta en su cabezal y le coge la mano. Dime tus pecados, hijo mío, Dios te escucha. El Comido lo cuenta todo, cuenta la muerte del hijo y que pensaba abandonar a Carmen, cuenta que odia a su madre por dejar al cerdo comerle media cara y una oreja, y a su hermano gemelo porque cada vez que le mira la cara recuerda que la madre lo eligió a él. El Tísico lo absuelve de todos los pecados para que sienta que si es necesario puede morir en paz.

¿Cuántos de los nuestros se han muerto ya? Unos cuantos, todos del mal del calor, todos consumidos por las entrañas. Cada día, Jeremías viene a supervisar que todo esté bien, nos cuenta, mira que no faltemos ninguno y se ríe de nosotros porque parece que el calor nos ha quitado la sangre. A ver, ojiazules, que tenéis la piel rosada como los puercos, que decíais que erais recios y ahora no os tenéis en pie. Se ríe con la boca llena de dientes, la risa sádica de aquel a quien ya no le duele nada porque fue tan golpeado que se le han ido muriendo los nervios uno a uno. Hace tiempo que se ha convertido en ese tipo de esclavo que salvaría al amo en caso de una rebelión.

No es culpa suya lo que le hicieron, pero así funciona la crueldad, no entiende de equilibrio; por eso, Jeremías lleva un látigo de cuero prendido a la cintura y custodia la llave que nos encierra a todos.

¿CREES QUE SE MORIRÁ? Igual sí. Y si muere aquí, ¿qué hacemos con él? ¿Qué hicieron con los otros que murieron? No sé, los llevaron envueltos en una sábana, supongo que los enterraron. Orestes los oye hablar como se oye la lluvia contra las ventanas, como un arrullo; no puede moverse, así que dejarse ir no le parece mala idea. Orestes, no te mueras. En medio de la fiebre, Orestes aprieta en la mano la bolsita de tierra y el ajo macho como quien se agarra al único clavo ardiendo que lo sujeta a tierra. Con los ojos cerrados ve perfectamente a Mamamaría, que lo arropa hasta la nariz, y escucha a Pachín ladrando fuera.

El Tísico le pone un paño húmedo en la frente y lo mira como si fuese una divinidad. Empieza a creerse su papel de párroco no formado, de santo al que, a pesar de haber vivido enfermo toda la vida, este mal no le afecta.

Cada día coge la comida, el tasajo y el arroz, y se lo da a comer en bocados pequeños, uno a uno. A veces mastica él antes, hace una bola de comida y se la pone en la boca, como los pájaros hacen con sus crías. Nadie podría pedir más, nadie pediría eso ni aunque lo pensase, el Tísico es consciente de lo que es que no entre aire en los pulmones, nadie como los enfermos del pulmón para entender la necesidad de vivir.

Todo el mundo debería pasar en su vida un tiempo sin respirar.

Yo QUERÍA VENIR A Cuba porque aquí me voy a poner bien, con el calor mi mal mejora, el buen tiempo hace bien a los pulmones. Cuando tenga la respiración curada y pueda comer, seré un hombre normal. Lo único que diferencia a un hombre sano de un moribundo es la comida, eso todo el mundo lo sabe. Comer hace persona, y trabajar, pero sobre todo comer. El Tísico tose suavecito por la comisura de la boca y en el fondo de sus costillas resuena el eco de una locomotora que no acaba de ponerse en marcha.

LLEGASTEIS EN LA SECA. ¿Qué es la seca? La estación sin lluvias, cuando se recoge la caña, y solo se duermen cuatro horas ¿Cuatro horas? La caña no espera por nadie, niño. Pero ¿cómo puede no llover durante tanto tiempo? Agustina sonríe mientras remueve el caldero donde prepara el almuerzo; es una de las primeras esclavas que llegó a esta plantación y habla como para sí misma. El Tísico espera de pie por su ración y la de Orestes. ¿Cómo se puede vivir durmiendo solo cuatro horas? Agustina se ríe abriendo toda la boca. Se puede, niño, se puede. Todo se puede cuando sabes que te pueden matar a cuero si no lo haces. Veremos cómo aguantan los tuyos. ¿Tú de dónde eres, Agustina? Yo soy criolla. ¿Criolla qué es? Criolla es de aquí.

Agustina tuvo nueve hijos, pero todavía le queda darle otros seis al dueño para ganarse la libertad: esa es la ventaja de las mujeres. Pero ella aún no sabe muy bien si querría ser libre, porque ganarse la vida no es fácil fuera de la casa. Compraría la libertad para sus hijos si pudiese; las mujeres son así, sean blancas o negras, llevan todas ese afán de deshacerse por dentro, esa inquietud de que el suelo las devorará en cuanto se descuiden, por eso solo les preocupa la vida de los demás.

LA FIEBRE DESAPARECE, PERO Orestes tiene desde hace días un dolor agudo en el hombro, como si el demonio estuviese tirando de él, como si en aquella isla estuviese el demonio mismo tratando de arrastrarlo a algún lugar indeseable. ¿Puede el demonio llegar hasta aquí? Boh, pues claro, el demonio está en todas partes, como Dios.

El Tísico ya no está pálido, porque el sol da color a todo lo que toca; sin embargo, tiene más cara de muerto de la que tuvo nunca, porque todo aquel que se sabe presa se comporta como un muerto inminente. ¿Oíste? ¿Por qué nos encierran? ¿Piensan que nos vamos a escapar? No sé, Orestes. Si somos trabajadores y no vamos a escapar, ¿por qué nos encierran? Yo nunca escapé de un trabajo. Yo tampoco. Nadie escapa del sitio donde le pagan.

El barracón está a oscuras y se oye a los rapaces respirar fuerte, pero el Tísico y Orestes están despiertos, la luz de la luna se cuela por los barrotes del tragaluz y da la sensación de una ratonera grande.

¿Te acuerdas de cuando salimos de Coruña? ¿Te acuerdas de cuando la ciudad empezó a quedar atrás? Ahí quería volver, quise volver tan fuerte que me quemaban los ojos.

Orestes no puede verlo, pero Amador, el Tísico, habla apretando los puños como si tuviese miedo de salirse del cuerpo, como si algo terrible estuviese a punto de suceder dentro de sí mismo. Yo quería que el barco corriese sobre las olas y llegase rápido. Entonces pensarás que soy un medroso. No, solo tienes miedo. Pues eso. No, yo también tengo miedo y ahora tengo más, no entiendo por qué nos encierran. El hombro volvió a darle un pinchazo agudo hasta la mitad del pecho. El demonio no descansa nunca y llega a todas partes.

Mañana cuando suene la campana se levantan todos para ir al campo, les quiero aquí en fila en la puerta, listos para coger las herramientas y marchar con el resto. ¿Entendido? ¿Y los enfermos, señor Jeremías? Todos los que se tengan de pie mañana trabajan, la mejor manera de quitar el mal del calor es en el campo, que parece que se olvidan de que aquí vinieron a trabajar.

Jeremías no da más explicaciones porque a los trabajadores solo hay que decirles qué tienen que hacer y asegurarse de que lo hagan. No siempre es fácil, pero es muy sencillo. Cierra por dentro la puerta del barracón y el golpe de la cerradura firma sus palabras como un martillazo. Hay algo perverso en convertir al guardián en encarcelado, Jeremías el mayoral tiene la llave que los guarda a todos, pero también se encierra a sí mismo. A las seis de la mañana, la campana de los esclavos toca para todos y enseguida está en fila la dotación, esperando para coger las herramientas y salir. Todos. Hasta José el Comido, que tres días antes llamaba a gritos a alguien y miraba las paredes de madera como quien ve un fantasma en medio de la niebla de la fiebre.

EL MAR DE CAÑA es más alto que todos nosotros, no podemos abarcarlo con la vista porque no somos capaces de mirarlo desde arriba. Jeremías se hace acompañar por otros cuatro hombres de su confianza que vigilan nuestros movimientos, que no paremos, que no hablemos, que no respiremos.

Dale caña, arrea. Y el chasquido del cuero.

Y nosotros, unos con una hoz de mango corto, otros con machetes, agachados agarrando el tallo de hojas ásperas y lanzando el filo para cortarlo lo más cerca posible de la tierra. Una vez, siete veces, setenta y siete veces, siete mil veces.

Dale caña, sigue. Y el cuero vuela sobre las cabezas.

No solo hay que tener cuidado de no cortarse las manos, también las piernas corren peligro. Las propias y las de los otros, sobre todo porque cuando el movimiento está mecanizado uno ya no mira, uno cree que sabe y eso es lo peor.

Sigue, corta, gallego, arrea. El cuero sale como un disparo de la mano que vigila y roza el hombro de alguien. Mejor el hombro que la cara.

Después de una hora solo se oye el caer de los filos contra la caña, el sonido seco de los tallos siendo apilados, preparados para cargar en los carros y los látigos marcando el ritmo con una cadencia casi mecánica.

Agáchate, agarra fuerte, corta de un tajo como un hombre.

No pares.

El látigo vuela como una serpiente subrayando cada palabra.

Sigue, gallego, corta.

El filo del machete lanzado contesta de un solo golpe y el músculo da un latigazo hasta la mitad de la espalda, el cuerpo de repente no sabe cómo afrontar toda esta actividad después de tanto tiempo parado, después de ser mercancía que va de aquí para allá sin voluntad.

Corta, gallego.

El sudor se mete en los ojos, pero no se puede parar un segundo para secarlo, la mano que sujeta la caña sangra.

Dale, gallego.

Resuena el crujido vivo de las cañas tronzadas como el eco de fibras nerviosas que estallan en pedazos.

Y así setenta y siete veces, siete mil veces.

Dicen que lo mejor es no pensar, no contar, solo seguir. Seguir hasta que no sientes nada, ni dolor, ni cansancio. Seguir hasta que parezca más difícil pedir un descanso que continuar, hasta que uno está tan sometido que lo natural sea seguir.

Arrea, corta, dale.

Las cañas recién cortadas llevan sangre de las manos nuevas que las recogen. El dolor desde la punta de los dedos a la columna vertebral como si atravesase los músculos un hierro al rojo vivo.

¿Qué mano duele más? ¿La que agarra la caña por la base o la que corta? La que sujeta la caña, porque es la que recibe tu propio golpe.

La campana suena para ir a comer. Nadie habla, solo se acercan a ponerse en fila delante del caldero resoplando como moribundos y mirándose los cortes de las manos, las piernas temblando.

Como los momentos de calma son los que elige el demonio para demostrarnos que es él quien manda, José el Comido cae como si lo fulminara una centella, tiembla levemente y se queda quieto en el suelo con la boca abierta. El Rañeta se abre paso entre todos, quizá porque es de los pocos que aún tiene algo de energía, le toca la cara y lo llama. José, oh, José, ¿qué tienes, José?

Y José nada, José ya está muerto. Rañeta le pone la mano en el pecho y no se siente nada, es una caja vacía. La cara que traía congestionada por el trabajo se le queda sin color. Muy despacio, Rañeta aparta la mano del José muerto que hace un momento estaba caminando. ¿Cómo puede morir un hombre sin que nadie lo toque?

Jeremías se abre paso entre los rapaces como si ellos también fuesen cañas del suelo que podría cortar por la raíz en cualquier momento. Rañeta, que de repente parece darse cuenta de que está solo en el mundo, llora como los niños cuando tienen miedo. Señor Jeremías, que no se mueve, que cayó muerto y el hijo de mi padre nunca vio caer a un hombre muerto sin que nadie lo tocara.

Aparta de ahí, arrea.

Pero Rañeta no se aparta y abraza el cuerpo del Comido como si fuera su hermano. Jeremías se afloja el cuero de la cintura, que estalla en el aire cruzándole la espalda y partiéndole la camisa. Hay un silencio de segundos, porque el latigazo deja en el aire el olor a piel quemada y a sangre peor que lo haría un disparo. Rañeta sigue llorando como si no se hubiese enterado de que tiene abierta la carne desde la clavícula hasta casi la cintura.

Los rapaces que están más cerca se colocan entre Rañeta y el cuero. Jeremías, desde la altura del gigante, continúa soltando el látigo a bulto, contra todos, contra cualquiera, y grita a los suyos para que vengan a asistirlo. Un hombre grande como una montaña necesita ayuda contra unos rapaces que protegen a un muerto y no se defienden. Los ataca con un látigo que ha probado la sangre de todos los esclavos.

Orestes intenta levantar a Rañeta del suelo, pero tampoco quieren dejar ahí al Comido muerto. Si es que está muerto, no puede estar muerto.

Los muchachos no tienen conciencia de que pueden morir, por eso hacen las cosas que hacen, por eso se van al otro lado del mundo pensando que sobrevivirán al cruzar el mar. Todo lo hacen por eso, porque nunca piensan que morirán, les bastaría con comer lo suficiente todos los días para creer que su fuerza podría ser infinita.

Jeremías lanza el látigo peor que si disparase, porque no se adivina dónde irá a dar. Una confusión de piernas y brazos que se tapan unos a otros, que tratan de protegerse las caras. Y entonces, parece que fue Dios, pero Tomás el de Coruña agarra la punta del látigo con una fuerza que nunca pensó que tenía. Jeremías da una sacudida fuerte y lo tira al suelo desgajándolo del resto de los rapaces, un pescado enorme que acepta morir antes que soltar el cebo. Orestes mira alrededor buscando una buena piedra. Rañeta se apoya en su hombro y de repente son parte de lo mismo, porque no olvidéis: sobrevivir nos hace iguales.

Antes de que Jeremías patee a Tomás para que suelte el látigo, cuatro de sus hombres aparecen corriendo para sumar sus brazos y sus cueros, para arrancar de raíz lo que sea necesario.

Cuando uno de los capataces se acerca para obligar a Rañeta a levantarse, Orestes le incrusta una piedra en la cara, el crujido amortiguado de los dientes rompiéndose crea una especie de silencio a su alrededor y parece que por unos segundos el mundo se ha detenido. La sangre mana como una fuente.

A SUS AMIGOS NO les van a quedar más ganas de tirar piedras, van ahora para el cepo. Y ustedes no van a comer, ahora cavan un agujero para el *desgraciao* este. Y como alguno se pare o haga un movimiento raro, van a sentir todos el cuero en la espalda hasta que les toque los huesos.

Trasdelrío, Tísico, Tomás y los otros rapaces cavan una fosa para el Comido. Nadie lo bendice, entra al hoyo como una escoria cualquiera, le entrelazan las manos y le cubren la cara con el pañuelo que llevaba atado al cuello. El Tísico reza mientras tira paladas de tierra encima del amigo:

Pater noster, qui es in caelis:
sanctificetur Nomen Tuum;

Deja caer la tierra con cuidado, porque no vaya a ser que alguna palada lo haga despertar o le duela. Incluso aunque ya no sienta nada, no se debe golpear a un muerto con la tierra que ha de cubrirlo.

adveniat Regnum Tuum;
fiat voluntas Tua,

No sabe lo que reza, pero era lo que decía el cura. La palabra de Dios es así, lejana y oculta como un enigma. Ninguna criatura suya merecería irse sin una palabra.

sicut in caelo, et in terra.
Panem nostrum cotidianum da nobis hodie;

Si supieran lo que dicen, no pedirían pan cuando entierran un amigo; o tal vez sí: hay que aprovechar la ocasión en que Dios esté dispuesto a escuchar, y no escucha tantas veces. No es que Dios no escuche, es que siempre hay alguien más desgraciado.

et dimitte nobis debita nostra,
sicut et nos dimittimus debitoribus nostris;
et ne nos inducas in tentationem;

sed libera nos a Malo.

El cuerpo del Comido ha desaparecido, solo hay un montículo de tierra que podría ser cualquier cosa.
¿Quién sabrá que ha muerto aparte de nosotros?
¿Alguien sabe si tenía madre o mujer?

Amen.

El cepo es como una trampa para ratones del tamaño de un hombre, dos tablas de madera con un hueco para la cabeza y dos para las manos. El castigo es sencillo, quedarse así, con la cabeza atrapada y colgando, el cuerpo encorvado, sintiendo durante horas que la sangre se queda estancada y no circula. Haciéndose llagas en el trasero por no moverse durante días.

Orestes no puede verlo, pero ya tiene una herida alrededor el cuello por el roce del borde de la madera sin pulir. No sabe qué le duele más, si los hombros, los brazos, el cuello, la espalda. Siente que no tiene cuerpo, solo un dolor que le taladra el centro mismo de la cabeza y le recorre como si se quemase por dentro. Llama al Rañeta, que tiene la cabeza caída y los ojos cerrados, respira mal y no sabe bien si está desfallecido o muerto. Orestes siente gotas gruesas bajándole por el cuello y el pecho, no puede ver si es sangre o sudor, o las dos cosas mezcladas.

En ese mismo momento, al otro lado del océano inmenso, el hermano de Orestes, Pedro, y el de Rañeta se pelean a pedradas. Discuten cuál de ellos volverá de Cuba rico repartiendo pan blanco y azúcar, cuál pagará para construir una escuela con su nombre, cuál tendrá la mejor casa, cuál escribirá primero para mandarlos llamar y que los envíen a La Habana a ayudarlos en sus empresas.

Por las noches, el sonido de los tambores recorre el valle de los ingenios, rebota en los troncos de los árboles, en las piedras, en la superficie del agua del río, y llena de sonido la noche vacía. Dicen que son mensajes que se mandan los esclavos de una plantación a otra, que llaman a sus dioses, se repiten sus propios recuerdos como quien golpea a la memoria una y otra vez para que no muera, como si tuviesen que esperar al último turno de la vida para hacerse oír.

El Tísico, Trasdelrío, Tomás y el resto de los rapaces vuelven de su primer día cortando caña, que también fue el día del entierro del Comido, y una nueva cuadrilla está en su barracón, recién llegada en otro barco que hizo una ruta idéntica a la suya desde Coruña hasta La Habana. Deberían alegrarse de ver que vienen más hombres a trabajar, pero no es un día en el que nadie pueda alegrarse de nada. A primera vista, son rapaces como ellos: traen los mismos uniformes sudados y los mismos zapatos que levantan el polvo del suelo. Vistos de lejos, apenas se distinguen unos de otros.

De repente, el Tísico cruza la mirada con uno haciendo el gesto mudo de saludar y las piernas le fallan como si le hubiesen disparado, cae al suelo y no consigue gritar, porque los pulmones se le paralizan como les pasa a los tuberculosos o a los que ven fantasmas.

Los niños, los mismos que andan por ahí desnudos como animalitos, cogen luciérnagas y las meten en botes para alumbrar, las
dejan ahí hasta que se mueren por falta de aire. Como todo cambia
al cruzar el mar, aquí las luciérnagas se llaman «cocuyos» y se
parecen a los escarabajos. Los niños llegan con ellos en las manos
y los enseñan, ofreciéndolos a cambio de un bocado de arroz. Después de unos días, ya no tienen miedo de acercarse.

Aquí que la luz es arrasadora, cuando se va el sol sigue ha-
biendo una obsesión por continuar alumbrándose. Agustina, la es-
clava vieja que sirve la comida, dice que esta tierra está maldita por
toda la crueldad que habita en ella. El suelo que pisamos se regó
con lágrimas, lo que cultivamos crece a fuerza de sudor y sangre.

Quizá por eso esta obsesión por la luz, tal vez es que a oscuras
resulta demasiado tenebrosa, la belleza desaparece y el mundo se
convierte en un lugar hostil donde cualquier atrocidad puede suceder. Una vez que se pierde lo bello, no queda nada en lo que posar
los ojos.

¿PUEDE DOLER TANTO UN cuerpo? Vamos a morir aquí, Orestes, vamos a morir y nos van a tirar a que nos coman las culebras esas enormes que viven cerca del río. Nos van a comer las alimañas y nadie va a llorar por nosotros ¿Cómo vamos a hacer para salir de aquí? Orestes, contéstame, ¿ya estás muerto o soy yo el que ya está muerto y esto es el infierno? A lo mejor ya morimos todos en el barco, a lo mejor el barco se hundió aquella noche de tormenta, aquella tormenta que duró días, y todo lo que vino después fue el paso al mundo de los muertos, y nos trajeron aquí para pasar la eternidad trabajando y pasando dolor en este calor que es como el infierno, debajo de este sol que da luz pero que no deja ver nada, yo no soy capaz de mirar con este sol.

Yo tampoco.

Nuestros ojos no se hicieron para esto, lo que hay aquí no se hizo para que nosotros lo veamos. ¿Crees que después de esto seremos capaces de bailar? ¿Qué dices? ¿Bailar? Sí, ¿crees que podremos volver a la fiesta y bailar como lo hacíamos o ya nos hemos convertido en muertos en vida? No lo sé. Yo quiero bailar aunque este cuerpo no me deje ahora, aunque esté aquí prendido como un animal. ¿No tienes morriña de escuchar la música y dejar ir los pies? Tengo saudades de estar en una fiesta y de comer, pero no de bailar. Boh, tú nunca supiste bailar; si me dejaran, yo bailaba hasta con esos tambores que se oyen por la noche.

La cabeza de Orestes cuelga del agujero del cepo y uno de los ojos tiene una rendija abierta. No te mueras, Orestes. ¿Te acuerdas cuando nos peleamos? Ese día bailé más que nunca; si no fuera porque me aplastaste la nariz con una piedra, sería el día más feliz de mi vida, pero estropeé con la sangre una camisa de lino.

No podemos morir aquí. Te juro que si no estamos muertos, si de verdad hemos llegado aquí vivos, yo no me voy a dejar morir, a mí no me van a dejar pudrirme, yo no me voy a quedar aquí dando vueltas como un buey. Despierta, Orestes, que no te puedes morir ahora, yo no quiero volver un día a la aldea y explicar que te moriste a mi lado. No te mueras, Orestes, que tienes un hermano esperándote que es amigo del mío y estás aquí por mi culpa.

Orestes de repente sale de la oscuridad que le nubló el conocimiento por unos minutos. Mitad dolor, mitad que si deja caer la cabeza no puede respirar bien porque la madera le oprime la garganta, y el dolor en la nuca, y el cuerpo machacado de todo el día trabajando y los latigazos. Todo eso. Casi nada.

No estoy muerto, pero a lo mejor pronto sí. Yo no te partí la nariz por nada, me tiraste al suelo. Y ¿qué querías que hiciera? Somos de los lados opuestos del río, los que vivimos en distintas orillas tenemos que pelearnos, no hay maldad en eso. Yo no soy malo. Yo tampoco.

En la cabeza de Amador, el Tísico, se quedará durante años clavada la imagen del Comido muerto, su cara cubierta primero por el pañuelo y luego por tierra roja, después de la primera palada. Frente a él, hay un hombre exactamente igual al que acaban de enterrar. Este está vivo y erguido, con las dos orejas en su sitio y la mejilla impecable. Al Tísico, que aprendió a vivir sin respirar, el corazón se le hace piedra y se le hunde en el vientre vacío hasta dejarlo sin aliento.

No os acerquéis, es un aparecido, viene a llevarnos a todos.

Boh, yo no soy aparecido ni cosa ninguna, seguro que conocisteis a mi hermano, él vino en el primer barco; es igual que yo, pero le falta una oreja.

El silencio cae como una manta húmeda y caliente encima de las cabezas de todos los presentes, saben que cualquier pregunta va a llevar a un desenlace fatal. Unos, porque lo temen; y otros, porque lo han visto.

Déjame tocarte la cara. Es Tomás el de Coruña quien habla y Jacobo, el Gemelo, porque no puede llamarse de otra manera, se vuelve hacia él. Tócame la cara. Tomás se acerca y pasa la mano aún cortada e hinchada por la cara del hombre, por la mejilla, la punta del dedo índice por detrás de la oreja. Arrastra unas gotas de sudor y deja pegadas a su piel unas partículas minúsculas de tierra de la tumba de su hermano. La piel está intacta como la que nunca ha sido devorada por ningún animal. Este hombre no es José; es el hijo al que su madre cogió en brazos.

Nadie está preparado para saber dónde está su hermano cuando su hermano está enterrado y aún fresco, a pocos metros. Nadie está listo para afrontar esa verdad y no caer de bruces, aunque por momentos incluso alguna vez odiase a su hermano.

Jacobo cae al suelo y grita como si fuese a perder el último aliento, como si estuviese viendo al capataz tirarle con el cuero a José para que se levantase, cuando en realidad estaba arreando en un hombre muerto. Nadie está preparado para esto. No puede salir a ver la tumba del hermano porque la puerta del barracón estará cerrada con llave hasta mañana.

Amador, el Tísico, pasa las noches alumbrado por seis o siete cocuyos metidos en un bote, no consigue quedarse a oscuras. La luz mortecina de los pobres bichos agonizando proyecta en las paredes de madera sombras más fantasmagóricas que la propia oscuridad. Siempre tuvo miedo de los aparecidos, pero desde que llegó el Gemelo, nada le quita de la cabeza que todo viene de la maldición del barco. El sonido de los tambores a lo lejos le parece una legión de muertos que viene a buscarlo.

Todas las noches se despierta bañado en sudor.

¿Cuánto llevamos aquí encerrados? No sé, dos días, por lo menos.

El tiempo en el cepo transcurre en una nebulosa de dolor y desmayo. Por suerte, pasadas unas horas, tal vez porque los nervios están muertos o porque el cuerpo decide sobrevivir a pesar de todo, todo se vuelve aguantable. Eso es terrorífico. ¿Seremos capaces de soportar esto por costumbre? ¿No viste las cicatrices como zurcidos en las espaldas de los negros?

La puerta se abre y entra Jeremías el capataz, proyecta en el suelo una sombra alargada como una amenaza de muerte. ¿Ya están calmados?, ¿van a portarse bien? Suéltalos, le dice a alguien, unas manos romas manipulan el cepo y lo abren. El dolor al sentir el peso del propio cuerpo es aún peor de lo que fue antes, el dolor de liberarse es peor que el dolor de estar atrapado. Cuando puede por fin levantar el cuello, a Orestes se le nubla la vista y cae como un saco.

Coge a tu amigo y vamos, que si se queda mucho tiempo ahí se lo llevan las hormigas y lo devoran. Rañeta coge a Orestes como cogía a su hermano cuando jugaba a tirarlo al río para que aprendiera a nadar, se lo echa al hombro y lo saca de allí colgando como un saco sobre su espalda. Con la vista baja entra en el barracón y la puerta se cierra con llave detrás de él.

Nadie dio ninguna orden, no había un plan previo, para que lo hubiese tendrían que haber sido soldados o delincuentes, pero solo eran rapaces que al día siguiente se vieron armados con las herramientas para cortar caña. Las rebeliones se organizan, de eso saben los esclavos. Los estallidos son eso mismo: explosiones provocadas normalmente por una combinación de varias causas en proporciones precisas que desatan un desastre.

Nadie debería armar a rapaces inocentes con hoces y machetes, pues serían capaces de cualquier cosa. Incluso de intentar acorralar a Jeremías el gigante y pedir hablar con el mayoral, con el administrador de la finca, con un gobernador, con el capitán general... con quien fuera necesario antes de pasar un día más siendo tratados como esclavos.

CORRE, CORRE, CAE, LEVÁNTATE y corre.

No sentir el dolor del golpe contra el suelo, no sentir nada más que el aire entrando como un cuchillo en la garganta, oír gritos detrás y cascos de caballos, meterse en medio de la vegetación, no importar nada. El fugitivo solo ve un hueco de oportunidad y se lanza a él como a la caza de una presa.

Corre, corre, cae, levántate y sigue corriendo. Los pies sangrando como la primera vez que te pones zapatos, pero no se nota el dolor, no se nota nada. Quizá podría correr incluso sin piernas, porque la cabeza parece flotar por encima de todo.

Corre, corre, cae, levántate y sigue corriendo. El dolor en los pies, en las rodillas, en las costillas, pero la energía parece un fuego que no deja de empujar los músculos una y otra vez hacia adelante, como si detrás viniese la muerte a buscarte, el diablo. Correr como si lo que viniese detrás fuese la puerta del infierno.

Seguramente hay culebras, insectos venenosos, pero la furia no le deja preocuparse de ello, sería capaz de arrancar de un bocado la cabeza a una serpiente venenosa, sería capaz de comerla, sería capaz de seguir corriendo hasta morir con tal de no volver a aquel lugar. Cualquier cosa, cualquier cosa que no sea estar encerrado y atado como un animal, como un mulo, como un esclavo.

Los árboles pasan a su lado casi sin verlo, pájaros revolotean por el escándalo que lo persigue, y él no escucha nada. Solo corre, sigue corriendo, tropieza, cae, se levanta y sigue corriendo.

Los que se rebelan van a la cárcel porque no hay cepos suficientes en el ingenio para todos, así que mejor encerrarlos en un lugar donde vivan con grilletes. La prisión es una fortaleza donde los prisioneros se agolpan unos contra otros, medio vivos, medio muertos. Delincuentes, piratas, esclavos rebeldes, cimarrones, ladrones... ¿Y qué somos nosotros? Antes de venir aquí éramos solo pobres. Nada de lo que creíamos antes sirve ahora.

¿Qué se hace cuando dejas atrás a quien te persigue? Seguir huyendo. Porque el que huye no escapa solo del que lo persigue, sino de sí mismo, del que era antes, y eso le pasa a Rañeta, que no quiere volver a ser aquel que era. Quiere ser el que fue o quizá uno nuevo, pero no aquel que fue castigado y metido en el cepo, no un animal, no un esclavo.

Por eso Rañeta sigue caminando descalzo y sube a lo escarpado, porque solo puedes ver si te persiguen desde lo alto. Se oyen tambores cada vez más cerca y más fuertes, y de la vegetación sale un grupo de negros. El del tambor grande marca el ritmo y otro entona un verso en ese idioma que no entiende, el resto lo sigue, cantando como oían cantar en el ingenio. Uno sale al centro y baila, da vueltas y salta, sudando y sonriendo casi como un hombre libre. Rañeta lo mira como se mira un milagro y las piernas doloridas lo llevan hacia delante, dan pasos por él, que nunca les habría mandado moverse. Quizá fue la música, quizá el golpeo de los tambores que resonaban en el pecho marcándole el ritmo del corazón, pero, ante los ojos estupefactos de los negros, Rañeta sale a bailar y baila como si volviese a ser quien fue, como si la *muiñeira* sonase de aquellos tambores. Las voces que cantan se callan un momento, pero, viendo que él sigue bailando, vuelven a repetir el verso, continúan la cadencia y él marca los pasos, punta, tacón, con los brazos en alto. Las piernas le duelen como si fuesen a desprenderse por las ingles, pero la cabeza flota sobre el cuerpo como si Dios o el demonio lo estuviesen sosteniendo.

En el ingenio los mulatos vuelven a levantarse a la hora, toman el desayuno de café y arroz y marchan a los campos de caña en fila. Echan de menos a los rapaces, les hacían gracia sus conversaciones de acento cantante. No es que les importe cómo les vaya en La Habana, porque ninguno tiene mucha idea ni de economía ni de política de las colonias; lo que pasa es que saben que hoy se van a llevar ellos todos los chicotazos. Así que se preguntan si tal vez no tendrá más sentido protestar y rebelarse que esperar a que les toque la lotería para pagar la libertad. Puede que los mulatos no hayan aprendido a leer, pero saben mirar, y todo el que mira conserva el sentido del entendimiento tan alerta como el que lee o incluso más. A ellos, el conocimiento no los esperará indefinidamente en el borde de una línea, no pueden permitirse ni pestañear.

Jeremías el gigante manda llamar a los rancheadores para buscar a Rañeta, porque un esclavo no puede marcharse sin más, así que se le puede cazar de vuelta y cobrar recompensa por ello. Rañeta no es un esclavo, pero es un huido. Y quien escapa algo habrá hecho. Dicen que en medio de la vegetación y en lo alto de las colinas hay comunidades de esclavos huidos, que se organizan como en sus tribus y viven libres, que tienen sus propios cultos y se encomiendan a sus dioses.

También en los claros de vegetación, al lado del río, suele encontrarse a esclavos que se han ahorcado en grupo: es la suerte de creer que en cuanto mueras, vas a encontrarte con tu familia. Van a la muerte tranquilos y justo antes se rodean de sus objetos para que los suyos puedan reconocerlos cuando lleguen al más allá. Para quien no cree en el infierno, morir puede ser un alivio.

Querida esposa Rosario:

Espero que cuando recibas la presente te encuentres bien de salud y que Dios te haya guardado en mi ausencia. Te pido perdón porque no es esta la carta que prometí enviarte, pero en este momento de desesperación no tengo a nadie a quien acudir más que a ti. El trabajo que nos prometieron no es tal, las condiciones son horribles, nos tratan como a esclavos en una tierra donde los negros ya tienen derecho a ser libres.

Te ruego que pidas ayuda, que lleves esta carta adonde consideres que puedan ser protectores de los desamparados; porque eso es lo que somos, pobres perdidos de la mano de Dios.

Ayúdanos, Rosario, o temo no volver a verte nunca más.

Tu esposo querido.

¿Cuántas palabras son necesarias para contar la desgracia? ¿Cuáles deberíamos elegir para que hablen por nosotros? Definitivamente, ninguna de las que solo tienen significado a este lado: escribir a los que quedaron es escribir al mundo que dejamos atrás. Suponiendo que quede en pie algo de todo lo que nos precedió.

Trasdelrío tiene que hacer un esfuerzo para decir la verdad y pedir a su madre que busque a quien los asista; lo que el cuerpo le pide es contarle que ya ha ganado sus primeros pesos y que dentro de poco será jefe de una cuadrilla. Pero el miedo es más fuerte que la vergüenza y el orgullo juntos.

Punta, tacón.

Punta, tacón.

¿Qué es esto de bailar con el cuerpo destrozado? ¿Qué es esta fuerza que me hace saltar más y más como si no pesase?

Punta, tacón; punta, tacón y vuelta; punto de vuelta y punta, tacón.

Bailar descalzo y levantar el polvo del suelo porque el suelo solo busca que alguien lo levante, sea un caballo o sea un baile, bailar como si el suelo abrasase.

Punta, tacón; punta, tacón. El sol me abrasa los ojos, veo manchas negras pero no puedo parar de bailar, como si un viento me sostuviese en el aire.

Punta, tacón; punta, tacón.

Los tambores retumban en la base misma de la columna vertebral, levantándome desde el centro mismo de gravedad; soy ligero como un gorrión, como esos pajaritos pequeños que beben gotas de agua.

Punta, tacón; punta, tacón.

Punto de vuelta.

Y brazos arriba, más arriba, intentando atrapar el sol, intentando volar, mirando más allá de lo que está alrededor, buscando un lugar por el que salirse del cuerpo, como parece pedir ese tambor insistente.

Girar una vez más y punto de vuelta; punta, tacón.

Rañeta recuerda de repente quién era, era el bailador, el rey de la fiesta, el toro que baila como no bailó nadie antes, el que marcaba el paso en la *muiñeira*. Volver a ser dueño del propio cuerpo es la verdadera rebelión del esclavo.

Punta, tacón; punta, tacón; rodilla en tierra y punto de vuelta.
Punta, tacón; punta, tacón, rodilla en tierra.

La rodilla tal vez se rompa contra el suelo, pero para qué quiero las rodillas si no puedo bailar, prefiero rompérmelas yo a que me las partan otros. La música es como una plegaria o como un canto que no cesa, que se repite diciéndose y desdiciéndose en un idioma que no existe o que existe para otros. De este lado todo cambia, todo ha cambiado, cambian las palabras, cambia quién eres y, de repente, bailar puede ser volver.

Cuando Rañeta por fin cae al suelo, mareado, rendido, roto, los pies siguen haciendo punta, tacón; punta, tacón; como si el cuerpo hubiese dejado de pertenecerle, como si de repente fuese de otro que le mandase hacer movimientos a pesar de estar en trance casi de muerte, a pesar de que los pies le sangran y de que el cuerpo le duele como el de un muerto en vida.

Cae de bruces, los tambores no paran, retumba en el suelo la vibración y duda si el ritmo vendrá de las manos que golpean la piel tensa o del centro mismo de la tierra. Del fondo mismo del cuerpo desvanecido se le escapa un grito agudo, hondo y doloroso.

¿Cómo viaja una carta? Un pliego de papel en letra de otro con palabras propias, ¿cómo se podrá reconocer? ¿Cómo pensarán que somos nosotros quienes hablamos?

Unas cartas, pocas cartas, escritas todas en prisión por la misma mano, unos pliegos doblados sobre sí mismos con un lacre que las asegura y nada más. Solas consigo mismas viajando en un saco o en un bolsillo, sabiendo que si se hunde el barco todas las palabras se hundirán con él. En realidad, más supuestos de fracaso que de éxito, porque esa es la fragilidad del mensaje que se escribe y se envía a la intemperie haciendo el mismo camino exacto que habían hecho ellos, pero sin la cobertura de la piel y los huesos, apenas la voz escrita con la pluma en la más frágil, la más ligera de las superficies. Ahí viaja el mensaje atronador, el grito de auxilio.

El mar sigue siendo quien es y no perdona, nunca tiene piedad, continúa meciéndose y amenazando. Las cartas llegan al otro lado, pero mientras buscan cómo abrirse paso los remitentes se despiertan cada día en una prisión.

Rañeta abre los ojos a lo oscuro, se sobresalta como aquel que huyó durante días hasta perder la consciencia, un negro flaco con un pañuelo atado en la cabeza está en cuclillas a su lado. Siente un dolor en los pies que le arde hasta las rodillas, el hombre le sujeta la nuca y le da de beber, lo mira como se mira lo que no se entiende.

¿Quién te trajo? Rañeta intenta negar con la cabeza, le pesan los párpados y se da cuenta de que tiene el cuello rígido, así queda el cuerpo después de huir como un animal, deja de pertenecerte y dejas de tener conciencia de él, solo queda el dolor.

Vuelve a beber como un toro agotado, el hombre le ajusta el medio coco vaciado a la boca, y algo de agua fresca le cae por el pecho; de repente, esa agua derramándose le da una sensación de vida.

Escapé. ¿Escapaste? ¿De dónde? Del ingenio. Y ¿cómo llegaste aquí? No sé. ¿Quién te dijo que estábamos aquí? Nadie, señor.

No todas las cartas llegan a su destino, pero las que lo hacen se resisten a morir como lo hace la palabra escrita, insisten, dejándose leer todas las veces necesarias para llevar la voz a los oídos de quien nunca oiría. Pasan de mano en mano y se dejan arrugar sin una queja, porque las cartas son el objeto más generoso. Contener la memoria en el papel escrito, hacerlas viajar y conseguir que sobrevivan es un milagro.

Te montó Eleguá. Eleguá monta a quien él quiere y lo guía. Si él te trajo, nosotros no podemos dejarte fuera. Nosotros somos cimarrones. Éramos esclavos, pero escapamos; vivimos juntos, solos. Y si Eleguá te trajo, tú también puedes estar aquí.

¿Qué es Eleguá? Eleguá es el orisha guardián de los cuatro caminos, Eleguá es un niño que abre el camino y orienta al que huye, al que busca. Si te posee, bailarás hasta que él quiera. Si tú pudiste escapar del ingenio y llegar hasta aquí, solo pudo ser porque él te trajo; y si bailaste al llegar, fue para hacernos saber que él te mandaba. Él te quiere aunque seas blanco, no podrías bailar así si no fuese por él. Rañeta no contesta porque ya ha aprendido que a veces conviene callar, hacerse el tonto y dejar que los demás crean lo que quieran. Cualquier cosa con tal de salvar la vida.

¿Cómo puede doler tanto un cuerpo? ¿Cómo puedo estar vivo si este cuerpo parece no querer pertenecerme? ¿Cómo puede ser la *muiñeira* un baile de esclavos? Hay un olor acre en la choza, un calor pegajoso y un sudor dulce y narcótico. Seguramente porque en el miedo y en el dolor recordamos lo que quema el alma, Rañeta ve a su hermano intentando abrazarlo antes de irse, se ve a sí mismo empujándolo al suelo y dejándolo allí tirado, y llora como llora quien no sabe si la huella que deja en el suelo le pertenece, quien no sabe si tiene ahora un hilo mínimo que lo una a la tierra. El fuego se consume en el centro de la choza y las hormigas, grandes como ratones, suben por la pared con la disciplina de quien efectúa una inspección rutinaria.

En la prisión, Orestes dicta al escribiente una carta para Pedro y otra para el hermano del Rañeta. Se hace pasar por el amigo del que no ha vuelto a saber nada desde el día de la rebelión y le dice lo mismo que dicen en todas las cartas, que busque ayuda, que nada ha salido como pensaban. A su hermano Pedro, además de que busque a quien los asista, le pide que no vuelva a pelearse con el hermano del Rañeta. El miedo a que sepan en la aldea que anda escapado como un bandido o que se lo haya tragado una serpiente le devora por los pies todas las noches.

EPÍLOGO

¿Nombre?

Orestes Veiga.

Los rapaces aguardan en fila delante del portón de la prisión; un escribiente con un pliego grande de papel y una plumilla los atiende uno por uno sentado a una mesa.

Cada día en el penal es como subir una piedra enorme a una montaña y dejarla caer por la noche. El tiempo no pasa, se queda suspendido en un presente continuo que carcome uno a uno los nervios hasta que se deja de sentir dolor, o hasta la muerte. Nadie sabe decir cuántos días transcurren hasta que llega un funcionario de parte del capitán general y hace llamar a los gallegos. Los rapaces son los mismos, tienen casi la misma edad, pero dentro de ellos ya hay clavado un aguijón que supurará sin piedad una herida hasta que Dios quiera llevarlos.

A partir de este momento no hay nada que los retenga en prisión, pueden decidir volver a Galicia o quedarse en la isla como trabajadores libres. El funcionario que trae la resolución viste una casaca impecable, con cuello y puños bordados con miles de puntadas abnegadas y una botas brillantes, de esas que se limpian con saliva y un cepillo.

NOTA FINAL

En el archivo del Congreso de los Diputados y bajo acceso restringido están las cartas enviadas desde Cuba pidiendo ayuda. Ellas son el único testimonio auténtico de boca de sus protagonistas.

Este libro empezó a existir el día que Inma Gende me habló de los gallegos esclavos y del portal xenealoxia.org, donde pueden consultarse las listas de pasajeros de los barcos que cruzaron el océano desde Galicia hasta La Habana.

Desde el 31 de marzo de 2021 están bajo custodia del Arquivo da Emigación Galega una serie de documentos, donados por el hispanista Luis Tomás González del Valle Río, entre los que constan un listado de 139 colonos gallegos y otros informes que demuestran la implicación directa de Urbano Feijoo de Sotomayor en esta empresa fraudulenta y criminal.

Azucre debe también un agradecimiento eterno a Rubén Díaz Caviedes, Bárbara Ayuso, Sergio Campos, Olga Sobrido y Manuela Partearroyo, sus primeros lectores secretos.

Bibiana Candia
Berlín, 15 de octubre de 2019